Leon
Urban Warriors

Lea T. Earl

Leon – Urban Warriors

www.leatearl.wordpress.com
Email: leatearl@yahoo.com
Deutsche Erstausgabe Juli 2014

Herstellung und Verlag: CreateSpace

ISBN-13: 978-1500509361
ISBN-10: 1500509361

Alle Personen dieses Romans sind frei erfunden. Ähnlichkeiten mit lebenden oder verstorbenen Personen sind rein zufällig.

Inhalt

LEON – URBAN WARRIORS

Lea T. Earl

Thriller Romance – ein erotischer Liebesroman

Prolog

Ich weiß nicht, wie ich die Gefangenschaft im Verlies des Lopez-Kartells ohne Leons Schutz durchgestanden hätte. Wahrscheinlich hätten diese Gesetzlosen mich vergewaltigt und umgebracht.

Die Wahrheit ist, ich verdanke Leon mein Leben.

Kapitel 1

Mit meinem Coffee-to-go-Becher in der einen und meinem Handy in der anderen Hand hetze ich quer über die Stanford Avenue. Ein Taxi bremst scharf, der Taxifahrer flucht, beinahe hätte er mich angefahren.

Mein Herzschlag setzt kurz aus, ich murmele eine flüchtige Entschuldigung und schlängele mich zwischen den Autos durch. Ich zwinge mich, meine Gedanken von Greg loszureißen. Ich muss besser aufpassen, verdammt, dieser Loser ist es nicht wert, dass ich mich seinetwegen überfahren lasse!

Trotzdem werfe ich noch einen Blick auf mein Handy. Immer noch keine Nachricht von meinem Ex. Eine Woche ist es jetzt her, dass wir Schluss gemacht haben. Ich ärgere mich über mich selbst und stopfe das Handy in meine Tasche.

Zugegeben, Greg hatte seine guten Seiten, aber er ist nicht halb der Mann, der er gern wäre. Ein respekteinflößender Kerl, stark, gefährlich – so hat sich Greg gern selbst gesehen, und ich wünschte, er wäre wirklich so gewesen. Dann hätten wir nie Schluss gemacht.

Diese Art Männer gibt es heutzutage nicht mehr. Jedenfalls ist mir hier in L.A. noch keiner begegnet.

Ich werfe einen Blick auf die Uhr. Bob, mein Chefredakteur, wird mich umbringen, wenn ich schon wieder zu spät zur Redaktionssitzung erscheine. Ich lege einen Zahn zu und haste beinahe pünktlich in die Büroräume der L.A. Post.

„Wieder mal zu spät, Katie?" Margaret, Bobs Sekretärin, wirft mir einen mütterlich-tadelnden Blick über den Rand ihrer Brille zu. Wäre sie nicht die gute Seele der Redaktion, hätte ich ihr eine saftige Antwort zurückgeschleudert, doch so zucke ich bloß mit den

Schultern. „Bob will dich vor dem Meeting in seinem Büro sehen."

Kein gutes Zeichen.

Ich nehme einen letzten Schluck Kaffee, stelle den Pappbecher auf irgendeinem Schreibtisch ab und straffe die Schultern. Ich ahne, worüber Bob mit mir sprechen will.

Ich muss unbedingt verhindern, dass er mir die Story über die Entführungen in South L.A. wegnimmt. Mit erhobenem Kopf klopfe ich an die Tür des Chefredakteurs und trete ein.

„Sie wollten mich sprechen? Bob, ich weiß, dass die Story …" Ich verstumme mitten im Satz. Dem Chefredakteur gegenüber steht ein Mann, den ich noch nie gesehen habe. Er ist eins neunzig groß, hat kurze, dunkelbraune Haare und schokoladenbraune Augen. Seine breiten Schultern lassen Bob im Vergleich schmächtig wirken. Der fremde Mann blickt mich verärgert an.

„… aber an der Story ist wirklich was dran", fahre ich zögernd fort und wende mich wieder Bob zu. *Reiß dich zusammen.* „Das spüre ich. Ich brauche nur noch ein wenig Zeit für die Recherchen. Ich weiß, dass keine andere Zeitung darüber berichtet, weil es sich bei den Entführungsopfern um Kriminelle und Obdachlose handelt, aber ich bin mir sicher, dass da mehr dahintersteckt."

„Hinter den *vermissten Personen*", korrigierte mich Bob. „Von Entführungen kann noch keine Rede sein, schließlich hat es keine Lösegeldforderungen oder Ähnliches gegeben."

„Wer sollte schon für Kriminelle und Obdachlose Lösegeld bezahlen? Bob, ich *weiß*, dass ich da an einer großen Sache dran bin, bitte geben Sie mir noch ein paar Tage Zeit."

„Das ist Ihre erste Story, Katie, jeder hält seine erste Story für eine große Sache. Ich bin schon viel länger im Geschäft als Sie, und ich sage Ihnen, Sie verrennen sich da in etwas. Ein paar Obdachlose und Kleinkriminelle, die wahrscheinlich zu tief ins Glas geschaut haben und irgendwo ihren Rausch ausschlafen, ergeben noch keine Story." Der Chefredakteur kratzt sich über die Halbglatze und seufzt. „Aber offenbar finden der Stadtrat und unser Herausgeber, dass wir die Story aus Imagegründen weiterverfolgen sollten. Sie wissen schon, ‚wir verschließen die Augen nicht vor den Armen und Unterprivilegierten unserer Gesellschaft' und all dieser Quatsch, wirft ein gutes Licht auf unsere Zeitung. Deshalb sollen Sie ein paar Hintergrundgeschichten über die Vermissten ausgraben, tragische Schicksale, drücken Sie ruhig ein bisschen auf die Tränendrüse. Leon hier wird Sie begleiten und ein paar Fotos für die Reportage machen."

„Ich soll meine Zeit mit Hintergrundstorys verschwenden?" Ich starre Bob fassungslos an. Jetzt erst begreife ich, was er gesagt hat. „Das ist *meine* Story, Bob! Wieso hängen Sie mir plötzlich einen Partner an?" Zornig ignoriere ich den fremden Mann.

„Er hat Erfahrung mit Reportagen im Milieu." Bob reibt sich die Schläfen, als würde ich ihn Nerven kosten. Dann stellt er uns einander vor. „Katie, Leon. Leon, viel Glück mit ihr."

Zähneknirschend wende ich mich dem Mann zu. Er ist wirklich riesig. Ich reiche ihm gerade mal bis zur Brust und muss den Kopf heben, um ihn anzusehen.

Verdammt, er sieht gut aus. Dieses kantige Kinn, der Dreitagebart und die tiefen, dunkelbraunen Augen … wie flüssige Schokolade. Doch in diesem Moment blicken sie kühl und reserviert auf mich herunter.

Ich strecke ihm ein wenig steif meine Hand hin, und er umfasst sie mit seiner. Seine Hand ist groß, kraftvoll und warm. Eine Hand, die es gewohnt ist, hart zuzupacken.

Hitze schlägt mir von seinem mächtigen Körper entgegen, trifft mich völlig unvorbereitet. Verwirrt will ich meine Hand zurückziehen, doch er hält mich fest, nur für den Bruchteil einer Sekunde, und fixiert mich dabei mit seinen dunklen Augen. Erst dann gibt er meine Hand frei, so als ob er klarstellen will, dass ich mich ihm nicht entziehen kann, wenn er es nicht gestattet.

Wütend über den Moment der Unsicherheit, den dieser neue Fotograf in mir ausgelöst hat, wende ich mich wieder meinem Chefredakteur zu. Doch noch bevor ich richtig loslegen kann, nimmt mir Bob mit einer einzigen, endgültigen Bemerkung den Wind aus den Segeln.

„Anweisung vom *Herausgeber*, Katie. Ende der Diskussion." Dann lehnt er sich über den Schreibtisch und brüllt ins offene Großraumbüro: „Redaktionssitzung! Fünf Minuten! Ihr zwei auch", fügt er an mich und den Hünen gewandt hinzu. „Katie, zeigen Sie Leon den Besprechungsraum."

Na großartig. Ich stapfe wütend voraus und es ist mir egal, ob der riesige Mann hinterherkommt. Soll er den verdammten Besprechungsraum doch allein finden! Vor der Tür bleibe ich stehen und blicke mich nach ihm um, und unterdrücke gerade noch ein Keuchen. Der neue Fotograf ist mir völlig lautlos gefolgt und steht so dicht hinter mir, dass ich beinahe gegen seine Brust stoße.

Der Duft, der mir entgegenschlägt, raubt mir für einen Moment den Atem. Maskulin, intensiv … er passt zu ihm. Ich atme durch den Mund, um rasch wieder einen klaren Kopf zu bekommen.

„Nur damit Sie's wissen", grollt er. Seine Stimme ist tief und dunkel, und rollt wie ein bedrohlicher Schauer durch meinen Körper. „Mir passt es genauso wenig, Ihr Anhängsel zu sein."

Damit marschiert er schnurstracks an mir vorbei in den Besprechungsraum und lässt sich auf einen Stuhl ganz am Ende des langen Tisches fallen. Ich schnappe nach Luft.

Was bildet sich dieser Kerl eigentlich ein? Meine Kollegen strömen an mir vorbei und nehmen ihre Plätze ein. Ich recke das Kinn nach oben und stolziere in den Raum, suche mir einen Stuhl so weit von dem arroganten

Fotografen weg wie möglich und ignoriere ihn völlig.

Innerlich aber koche ich vor Wut und versuche, den erdigen, männlichen Duft, der immer noch in meiner Nase hängt, zu verscheuchen. Ich werde nicht zulassen, dass dieser Typ mir meine Story versaut, selbst wenn ihn der Bürgermeister persönlich in unsere Redaktion geschickt hat. Denn entgegen Bobs Meinung bin ich ganz sicher, dass die vermissten Menschen nicht einfach nur ‚betrunken irgendwo herumliegen'. Mein Bauchgefühl sagt mir, dass etwas ganz anderes hinter dem Verschwinden der Leute steckt, und ich werde es herausfinden, anstatt irgendwelche Hintergrundgeschichten auszugraben. Wenn es sein muss, werde ich mein mürrisches Anhängsel mit den schokoladenbraunen Augen dafür abhängen.

Nachdem die Besprechung endlich zu Ende ist, springe ich auf und verlasse schnurstracks den Raum. Da mein Platz genau neben der Tür war und seiner ganz hinten auf der anderen Seite, wird er eine Weile brauchen, um sich an meinen Kollegen vorbeizuschleusen und mir zu folgen. Ich fahre mit dem Lift nach unten und laufe los, meinen Terminplaner in der Hand.

Heute steht ein wichtiges Treffen mit einem Informanten an, das werde ich mir bestimmt nicht durch die Lappen gehen lassen, nur damit Bob zufrieden ist und dieser Fotograf sein blödes Foto bekommt.

Leon. Was ist das überhaupt für ein Name? Der Löwe. Passt zu ihm. Er hat etwas Gefährliches an sich, mit diesen geschmeidigen Bewegungen, diesem Blick, dieser ganzen raubtierhaften Art … Stop, was denke ich da eigentlich?

Dieser Kerl ist nichts weiter als das Schoßhündchen irgendeines Mitglieds des Stadtrats und lässt sich von mir bereits im Besprechungsraum abhängen. Ich schnaufe verächtlich. So leicht habe ich mir die Sache gar nicht vorge-

Bam. Ich laufe direkt in eine Mauer aus Muskeln, und dieser maskuline Duft hüllt mich augenblicklich ein.

Moschus und … was ist das, Sandelholz? Ich taumle rückwärts und hebe meinen Kopf, blicke weiter und weiter nach oben … direkt in wütende, schokoladenbraune Augen.

„Na endlich", knurrt er. „Was hat Sie aufgehalten? Mussten Sie sich noch die Nase pudern?"

Ich schnappe nach Luft. Dieser Mann ist definitiv niemandes Schoßhündchen.

Wie zur Hölle hat er es geschafft, vor mir hier draußen zu sein? Hat er die Feuerleiter genommen, oder was?

„Haben Sie Ihre Ausrüstung dabei?", blaffe ich zurück und versuche, meine Überraschung zu verbergen.

Er zieht eine Augenbraue hoch und klopft auf eine schwarze Fototasche, die von seiner Schulter baumelt. Mein Blick gleitet automatisch von der Tasche zu seinem Becken, seiner schmalen Taille, der Jeans, die tief und perfekt sitzt … oh, verdammt. Was tue ich denn da? Ich reiße mich zusammen und drehe ihm den Rücken zu, damit er meine Verlegenheit nicht bemerkt.

Was ist nur los mit mir? Die Anwesenheit von Männern verdreht mir doch sonst nicht den Kopf. Normalerweise ist es eher umgekehrt, welcher Mann kann schon hüftlangen, braunen Locken und großen Rehaugen widerstehen?

Leon, offensichtlich. Der Hüne stapft neben mir her, sein düsterer Blick geradeaus gerichtet. Warum zum Teufel ist *er* eigentlich wütend auf *mich?* Schließlich bin ich es, der man mitten in der Story einen neuen Partner aufgedrängt hat. Wenn hier einer das Recht hat, sauer zu sein, dann bin ich das!

Ich schiele aus dem Augenwinkel zu ihm hinüber, betrachte die Designerjeans und das schwarze Hemd, das sich wie maßgeschneidert an seinen breiten Brustkorb schmiegt.

Wahrscheinlich ist dieses Hemd sogar tatsächlich maßgeschneidert, schießt es mir durch den Kopf. Bei einem so massiven Brustkorb und so breiten Schultern findet er bestimmt nichts von der Stange. Und es sieht an ihm einfach unwiderstehlich sexy aus …

Verdammt, Katie, reiß dich zusammen! Ist doch scheißegal, was für ein Hemd er anhat! Ich bemerke zu spät, dass ihm mein forschender Blick auf seinem Körper aufgefallen ist. Hastig setze ich einen gleichgültigen Gesichtsausdruck auf und mustere ihn demonstrativ von oben bis unten.

„Wem sind Sie denn auf die Füße getreten, dass man Sie zu diesem Auftrag abkommandiert hat?“, frage ich betont desinteressiert. „Sie sehen nicht so aus, als wären Sie häufig in South Los Angeles unterwegs.“

Obwohl er so gekleidet ist, als wäre er direkt von einem Laufsteg gesprungen, zweifele ich keine Sekunde daran, dass dieser Mann sich sogar in den schlimmsten Stadtteilen von South Los Angeles problemlos durchsetzen kann. Die Härte, die er ausstrahlt, scheinen auch andere zu spüren, denn die entgegenkommenden Passanten senken den Blick und weichen ihm aus.

„Sie auch nicht“, gibt er zurück. „Zumindest sollten Sie sich dort nicht so häufig aufhalten.“ Sein durchdringender Blick ruht auf mir.

„Ach ja, und warum nicht?“ Ich richte mich herausfordernd auf. Diesmal bin ich bereit, ihm die Stirn zu bieten, wenn er wieder eine blöde Bemerkung ablässt.

„Weil es gefährlich ist.“ Sein Ton ist ruhig und ehrlich, nichts Provozierendes liegt darin. Fast klingt er besorgt. Um mich?

Meine knallharte Fassade bröckelt, ich halte sie mit Mühe aufrecht. „Ich muss Sie leider enttäuschen, denn genau dort werden wir jetzt hinfahren.“

Wir erreichen meinen Wagen, ich gehe um die Motorhaube herum zur Fahrerseite, während Leon auf der Beifahrerseite stehen bleibt.

„Heute ist es etwas anderes“, sagt er, und das dunkle Timbre seiner Stimme rollt wieder wie ein Schauer über meinen Rücken.

„Heute werden Sie nicht schutzlos sein.“

Jeder andere hätte sich mit einer solchen Bemerkung lächerlich gemacht. Nicht aber Leon. Diese ruhige, innere Stärke, die er ausstrahlt, lässt die spöttische Antwort in meiner Kehle verschwinden und bringt stattdessen meine Knie zum Zittern.

Ich ringe das plötzliche Bedürfnis nieder, mich seinem Schutz anzuvertrauen.

Was bist du, ein schwaches, hilfloses Weibchen? Er bietet dir seine Stärke und seinen Schutz, und du schmilzt dahin wie Eis in der Sonne? Geht's noch?

Bei einem so dominanten Mann wie Leon, der allein durch sein Auftreten wie selbstverständlich die Kontrolle übernimmt, würde ich allerdings gern dahinschmelzen. Würde mich beschützen lassen, weil es sich richtig anfühlt. Weil ich weiß, dass er stark genug dazu ist …

Hallo?! Ich verjage diese seltsamen Gedanken und zwinge mich dazu, mich auf den Verkehr zu konzentrieren, während ich den Wagen in den südlichen Teil der Stadt lenke, dorthin, wo die Entführungsopfer verschwunden sind. Eine gefährliche, heruntergekommene Gegend, mit leerstehenden Häusern, Armut und wenig Perspektiven.

Menschen, die hier verschwinden, vermisst so schnell niemand. Elf Menschen sind in den letzten zwei Monaten nicht mehr aufgetaucht, allesamt Männer, vier davon seit ich meine Recherchen für die Story begonnen habe. Aber ich fürchte, dass die Dunkelziffer sehr viel höher ist.

Als Leon neben mir im Wagen sitzt, fällt mir wieder auf, wie groß er ist. Der Jeansstoff spannt sich über seine muskulösen Oberschenkel, und sein Oberkörper ist so breit, dass er fast eineinhalb Sitze braucht. Sein linker Unterarm liegt entspannt auf der Armlehne, sehnig und durchtrainiert, die Adern treten deutlich darauf hervor.

„Und wem sind Sie auf die Füße getreten, dass Sie diese Story machen müssen?" Er stellt mir dieselbe Frage mit fast genau meinen eigenen Worten.

„Niemandem. Ich habe erst vor kurzem bei der *Post*

angefangen, und als ich von den Vermissten aus den Slums gehört habe, habe ich mich dahinter geklemmt." Ich beiße mir fast auf die Zunge. Warum bin ich nett zu ihm?

Er nickt knapp. „Sie wollen eine gute Story und sich einen Namen machen."

Ich runzele die Stirn. „Eigentlich will ich den Menschen helfen, ihre vermissten Familienmitglieder und Freunde wiederzufinden. Niemand hört auf sie, ich will ihnen eine Stimme geben. Es kann einiges bewirken, wenn eine Zeitung ein bisschen Staub aufwirbelt, selbst wenn es nur eine so kleine Zeitung wie die L.A. Post ist. Vielleicht kann ich genug Druck auf die Polizei ausüben, damit sie sich mit den Fällen auseinandersetzt, wenn ich beweisen kann, dass diese Menschen wirklich entführt worden sind."

Er betrachtet mich mit ungläubiger Verwunderung. „Sie wollen diesen Menschen tatsächlich helfen?"

„Nicht alle in L.A. sind karrieregeil und seelenlos", gebe ich beleidigt zurück.

Er zuckt mit den Schultern. „Was weiß ich schon, ich bin nicht von hier."

Meine Neugier siegt über meinen Vorsatz, kühl und abweisend zu ihm zu sein. „Was hat Sie nach L.A. verschlagen?"

Er setzt ein schiefes Grinsen auf. Es macht ihn unwiderstehlich anziehend. „Vielleicht bin ich jemandem gewaltig auf die Füße getreten."

Das Stadtbild verändert sich völlig, sobald wir South Los Angeles erreichen. Hier sieht man keine Spur von funkelnden Wolkenkratzern, sauberen Straßen und teuren Autos.

Heruntergekommene Gebäude, leerstehende Häuser, zerschlagene Fensterscheiben und Rollgitter vor den Läden – dazu Obdachlose, die ihre wenige Habe in Einkaufswagen über den Gehsteig schieben, Dealer, die herumlungern, sowie ihre Kunden, die mit eingefallenen Wangen und fahlen Gesichtern auf der Suche nach der nächsten Dröhnung sind.

Wer schert sich schon darum, wenn aus dieser Gegend ein paar Männer verschwinden? Die Stadtratsmitglieder in ihren maßgeschneiderten Anzügen bestimmt nicht. Ich werde wütend, wenn ich an diese Ungerechtigkeit denke, und presse die Lippen zusammen.

Ich parke den Wagen vor einer Gartenanlage, die früher einmal ein Gemeindepark gewesen ist. Jetzt ist kein Geld mehr da, der kleine Park ist verkommen und beherbergt ein paar Obdachlose.

„Sie wollen Bilder für eine Hintergrundstory schießen?“, frage ich Leon, als wir aussteigen, und deute auf den schäbigen Park. „Bitte, tun Sie sich keinen Zwang an. Der erste Vermisste, der nach Beginn meiner Recherchen verschwunden ist, heißt Barry und hat dort drüben auf der Parkbank gelebt. Fragen Sie nach Dotty, die beiden waren befreundet, sie kann Ihnen bestimmt ein paar rührende Geschichten erzählen. Wir sehen uns später.“

Damit drehe ich ihm den Rücken zu und will losmarschieren, doch ich bemerke sofort, dass das ein Fehler gewesen ist. Diesem Mann sollte man nicht den Rücken zudrehen. Ich komme keinen Schritt weit, denn Hände wie Eisenklammern schließen sich um meinen Oberarm.

„Und wohin gedenken Sie jetzt zu gehen?“ Seine Stimme ist so ruhig, dass ich den unterschwelligen, drohenden Ton beinahe überhöre - aber nur beinahe.

„Während Sie an einer hübschen Hintergrundstory basteln, werde ich herausfinden, wer diese Menschen entführt hat“, zische ich.

Mit kühler Arroganz in seinem Ausdruck blickt er auf mich herab. „Sie gehen nirgendwo hin …“

„Das ist mein Job!“, fauche ich. „Wenn Sie einen Bericht über die unterprivilegierten Slumbewohner bringen wollen, nur damit der Bürgermeister und der Stadtrat ihr Foto in der Zeitung sehen, rechtzeitig vor dem nächsten

Wahlkampf – dann bitte sehr! Ich sorge lieber dafür, dass die Polizei endlich damit beginnt, nach den vermissten Männern zu suchen.“ Ich will mich aus seinem Griff winden, doch er ist viel zu stark. Wütend funkele ich ihn an. „Lassen Sie mich sofort los!“

„Ich wollte sagen: Sie gehen nirgendwo hin *ohne mich*.“ Damit lässt er meinen Oberarm los. Meine Haut prickelt an der Stelle, an der er mich berührt hat.

„Was ist mit Ihrer Hintergrundstory?“ Ich reibe mir den Arm. Sein Griff war ziemlich hart.

„Scheiß auf die Hintergrundstory. Ich lasse Sie hier nicht allein herumlaufen.“

Er lässt seine Story sausen um mich zu begleiten? Dieser Mann hat anscheinend einen mächtigen Beschützerinstinkt. Ich hätte mir eher die Zunge abgebissen, als es ihm gegenüber zuzugeben, aber es gefällt mir, wie er groß und breit vor mir steht, die gefährliche Umgebung mit finsterem Blick scannt und verärgert darauf besteht, mich nicht allein gehen zu lassen.

Fast schon besitzergreifend.

Allein seine Größe ist schon beeindruckend. Dann noch dieser bedrohliche Ausdruck in seinem Gesicht … wenn ich nicht wüsste, dass er Fotograf ist, hätte ich ihn wahrscheinlich für einen Cop gehalten. Oder für einen Soldaten.

„Ich habe ein Treffen mit einem Informanten“, sage ich. „Zwei Blocks von hier. Er behauptet, etwas über die Entführungen zu wissen.“

„Dann los“, knurrt Leon. Wir setzen uns in Bewegung. „Warum sind Sie so davon überzeugt, dass es sich bei dem Verschwinden dieser Menschen tatsächlich um Entführungen handelt?“

„Es gibt einfach zu viele Ungereimtheiten. Auch Junkies und Obdachlose haben Familien, und wer auch immer diese Männer entführt hat, hat wohl nicht damit gerechnet, dass sich jemand die Mühe machen würde, die Familien seiner Opfer ausfindig zu machen und zu befragen. Diese Männer mögen schon ziemlich weit abgerutscht sein, aber sie haben es nicht verdient, einfach vergessen zu werden."

Leons Blick ruht mit einem merkwürdigen Ausdruck auf mir, ich würde zu gern wissen, was er denkt.

„Was haben Sie bis jetzt herausgefunden?", fragt er in neutralem Ton.

Ich senke meine Stimme. „Bob hält mich für verrückt, er sagt, niemand entführt Menschen, für die keiner Lösegeld zahlen würde. Aber was, wenn die Entführer nicht das Lösegeld wollen, sondern die Menschen selbst?"

Leon schweigt.

„Ich glaube, es handelt sich um Menschenhändler", sage ich leise. „Die Vermissten sind junge Männer zwischen fünfundzwanzig und fünfunddreißig. Es steckt ein Muster dahinter, und ich werde es beweisen."

Leons Gesichtsausdruck wird bei meinen Worten immer düsterer. Vielleicht liegt es aber auch an den zwielichtigen Gestalten, die vor uns auf dem Gehsteig herumschleichen und sich in dunkle Seitengassen verdrücken, sobald wir uns nähern.

Ich frage mich, ob ich mehr Angst vor ihnen habe oder sie vor Leon.

„Wo treffen wir Ihren Informanten?" Leon lässt seinen Blick weiterhin wachsam über die Straße schweifen. Etwas scheint ihm die Laune vermiest zu haben.

Nicht, dass er davor ein Sonnenschein gewesen wäre.

„In einer leerstehenden Lagerhalle, gleich dort vorn."

„In einer leerstehenden Lagerhalle?" Er lässt die Luft zischend entweichen. „Was Gefährlicheres ist Ihnen als Treffpunkt nicht in den Sinn gekommen?"

„Haben Sie einen besseren Vorschlag?"

„Vereinbaren Sie solche Treffen immer an einem öffentlichen Ort. Irgendwo, wo Ihr Informant nicht auf dumme Ideen kommen kann."

„Er ist eher ein Einzelgänger-Typ."

„Frage mich bloß, warum", knurrt Leon.

Kurz darauf erreichen wir die Halle, er betrachtet sie und sein Blick wird noch düsterer. Hier ist einmal eine Fabrik gewesen, jetzt steht die Halle leer. Die Mauern sind voller Graffitis, die Scheiben eingeschlagen und überall liegt Müll herum. Wir bemühen uns, nicht auf Rattenkot zu treten und arbeiten uns vorsichtig vor.

Das Innere der Halle liegt im Halbdunkel, da es keinen Strom gibt. Ich sehe mich um. Staub, Dreck und Bauschutt, aber keine Spur von meinem Informanten J.T..

„Wo bleibt der Kerl?“ Leons Blick ist wachsam, während er unablässig den leeren Raum scannt. Er bewegt sich fast lautlos zwischen den herumliegenden Brettern und Glasscherben, ich dagegen muss aufpassen, nicht zu stolpern.

„Es war abgemacht, dass Sie allein kommen.“

Mein Kopf schießt in die Richtung, aus der die Stimme erklingt. Leon wirbelt herum.

Eine Gestalt tritt aus den Schatten einer halb verfallenen Mauer hervor. Er trägt löchrige Tennisschuhe, zerschlissene Jeans und ein ausgebeultes Sweatshirt. Dunkelblondes Haar hängt in fettigen Strähnen in sein Gesicht und verdeckt zum Teil seine Augen.

Ich kenne diese schmalen, kleinen Augen, die jetzt mit einem misstrauischen Blick auf mich gerichtet sind.

„Kleine Planänderung, J.T.“, sage ich. Die Initialen seines Namens sind alles, was ich von ihm weiß. Wahrscheinlich ist es nicht einmal sein richtiger Name.

„Das ist Leon, mein neuer Kollege“, sage ich in der Hoffnung, J.T.s Vertrauen nicht zu verlieren. Es war schwierig genug, ihn dazu zu bringen, diesem Treffen überhaupt zuzustimmen. Zu Beginn wollte er nichts mit mir zu tun haben und ich war sehr überrascht, als er mich vor zwei Tagen angerufen und diesen Treffpunkt vorgeschlagen hat.

„J.T.s Bruder ist einer der Vermissten“, erkläre ich Leon. „Er ist vor drei Wochen verschwunden.“ Dann wende ich mich an den hageren, jungen Mann. „Du hast gesagt, du könntest mir etwas über das Verschwinden deines Bruders erzählen."

J.T. drückt sich an der Mauer herum. Er zögert, mustert Leon misstrauisch. Dann beginnt er doch, zu reden. „Da waren ein paar Männer … Latinos, aber nicht aus unserem Viertel. Sie haben Thomas in einen Lieferwagen gezerrt und sind weggefahren."

Mein Herz klopft heftiger. „Kannst du diese Männer beschreiben? Oder hast du dir vielleicht das Kennzeichen des Wagens gemerkt? Irgendetwas, das uns helfen könnte, diese Leute zu finden?"

„Sie hätten allein kommen sollen", sagt J.T. „Es war abgemacht, dass Sie allein kommen."

„Wie haben die Männer ausgesehen, die deinen Bruder entführt haben?", frage ich.

J.T. schweigt und starrt zu Boden. Irgendetwas stimmt nicht. Ich spüre ein unangenehmes Kribbeln und meine Nackenhaare stellen sich auf. Unruhig sehe ich mich in der Halle um.

Auch Leon scheint es zu spüren. Sein Körper spannt sich an.

„Sie hätten *wirklich* allein kommen sollen", wiederholt J.T.. Er klingt verärgert und trotzig.

Dann treten die bewaffneten Männer aus den Schatten hervor und umzingeln uns.

Kapitel 2

Es sind mindestens ein halbes Dutzend Männer. Sie tragen schwarze Kleidung, ihre Gesichter sind verhüllt und sie halten ihre Waffen auf uns gerichtet, während sie uns einkreisen.

Ich erstarre vor Schreck, weiche nicht einmal zurück. Es ist, als wäre ich am Boden festgefroren. Leon tritt mit einer raschen Bewegung vor mich.

Die Männer kommen uns so nahe, dass ich die Farbe ihrer Augen sehen kann. Sonst sehe ich von ihren Gesichtern nichts, sie sind völlig hinter den Masken verborgen.

„Du bist zu neugierig, Schlampe“, sagt einer von ihnen. Er spricht mit mexikanischem Akzent. Durch die Art und Weise, wie er sich verhält, halte ich ihn für den Anführer der Männer.

„Das ist die Reporterin, die Sie wollten.“ T.J. verlässt seine Position an der Mauer und schleicht langsam näher. „Ich wusste nicht, dass sie diesen Typ mitbringen würde, ehrlich.“

Der Anführer mustert Leon wortlos. Leon steht groß und breit vor mir und weicht keinen Schritt zurück. Ich bin versucht, mich an seinem Rücken festzuhalten, so viel Angst machen mir die bewaffneten Männer. Was wollen sie von uns? Warum hat T.J. uns verraten?

„Wer bist du?“, fragt der Anführer Leon.

Leon schweigt.

„Sie sagte, er wäre ihr Kollege“, sagt J.T.. Er windet sich, wo er steht, und kommt nicht näher. Ich begreife, dass er ebenfalls Angst vor den Männern hat.

„Wir wollen nur das Mädchen“, sagt einer der Männer zu seinem Anführer. „Was machen wir mit ihm?“

Mein Inneres verkrampft sich. Warum wollen diese

Männer mich? Und was werden sie mit Leon machen? Werden sie ihn erschießen?

Der Anführer nickt den Männern zu, die hinter uns stehen. Schneller als ich reagieren kann, packen mich kräftige Hände und reißen mich von Leon fort. Die anderen Männer stürzen sich auf Leon, doch der wirbelt herum und schmettert die ersten beiden, die ihn erreichen, mit Fausthieben zu Boden. Ich beobachte erschrocken, wie er seine Angreifer niederstreckt. Leon ist mindestens einen Kopf größer als die Mexikaner und offenbar weiß er, wie man kämpft. Obwohl sie ihm zahlenmäßig überlegen sind, haben sie Schwierigkeiten, ihn zu überwältigen.

Plötzlich spüre ich den kalten Lauf einer Waffe an meiner Schläfe.

„Hör auf, oder ich puste ihr das Hirn weg." Der Mann, der mich festhält, hält mir seine Waffe an den Kopf gedrückt. Er hält mich so fest an seinen Körper gepresst, dass ich mich nicht rühren kann. Erstarrt vor Angst spüre ich etwas Hartes, das gegen meinen Rücken drückt.

Entweder, der Kerl hat noch eine Pistole in seinem Gürtel stecken, oder es geht ihm einer dabei ab, eine wehrlose Frau in seiner Gewalt zu haben.

Leon erfasst die Situation mit einem Blick. Einen Moment lang fürchte ich, dass er sich nicht ergeben wird, und frage mich, ob der Kerl hinter mir mich dann erschießen wird.

Oder aber er kommt auf die Idee, etwas viel Schlimmeres mit mir zu tun. Trotz der Todesangst, die ich verspüre, muss ich bei dem Gedanken einen Würgereflex niederringen.

Leon hört auf, sich zu wehren. Obwohl sich Leon von den Männern überwältigen und die Hände mit Handschellen auf den Rücken fesseln lässt, hält mich der Kerl weiterhin an sich gedrückt und presst seine Erektion gegen meinen Körper.

Mir wird übel, als ich mir vorstelle, was ihm wohl gerade durch den Kopf geht.

„Was ist mit unserem Deal?“, fragt J.T.. „Ihr habt das Mädchen und sogar noch diesen Typ. Wann kriege ich meinen Bruder zurück?“

Das ist also der Grund gewesen! J.T. hat mich hierher gelockt, damit diese Männer mich schnappen können, weil er mich gegen seinen Bruder eintauschen will.

Dann handelt es sich bei unseren Angreifern tatsächlich um die Bande, die die Männer entführt hat. Trotz der Angst verspüre ich Aufregung. Ich habe Recht gehabt, hinter den Entführungen steckt eine Organisation. Und offenbar bin ich ihnen mit meinen Nachforschungen zu nahe gekommen.

Wenn Bob mich jetzt sehen könnte. Von wegen, die Vermissten liegen im Vollrausch in irgendeinem Gully.

Aber Bob kann mich nicht sehen. Das Gefühl der Genugtuung verfliegt und macht eiskalter Panik Platz.

Wahrscheinlich wird mich niemand je wiedersehen.

Wohin sind all die entführten Menschen verschwunden? Leon und ich sind drauf und dran, es herauszufinden. Verdammt, so hatte ich mir meine Story nicht vorgestellt.

„Du wirst deinen Bruder wiedersehen“, sagt der Anführer mit einem spöttischen Unterton zu J.T.. Dann gibt er zwei seiner Männer einen Wink. „Nehmt ihn mit.“

„Was? Nein!“ J.T. stolpert zurück, doch die beiden Männer haben ihn im Handumdrehen überwältigt und zerren ihn in Handschellen mit sich. „Das war nicht die Abmachung! Sie haben gesagt, Sie geben mir meinen Bruder zurück, Sie verdammter Lügner!“

Niemand beachtet ihn. Der widerliche Kerl mit dem Ständer fesselt mir die Hände auf den Rücken und schubst mich auf den Hinterausgang zu. Hinter mir folgt Leon, der gleich von vier Männern bewacht wird, und ganz hinten höre ich J.T. jammern. Sein Wächter schnauzt ihn an und ich höre einen dumpfen Schlag und einen Schmerzensschrei, dann höre ich nur noch, wie J.T. vor Schmerz stöhnend hinter uns herstapft.

Hinter der Lagerhalle stehen mehrere Autos. Leon, J.T. und ich werden in einen kleinen Lieferwagen ohne Fenster gesperrt, die Tür wird zugeschlagen und wir sitzen in der absoluten Finsternis.

J.T. jammert über seinen schmerzenden Kopf. Ich sitze auf der Ladefläche und spüre Leons riesigen Körper dicht neben mir. Mein Oberschenkel drückt gegen seinen, ich fühle seine harten Muskeln und die Wärme, die von ihm ausgeht.

„Jetzt bereuen Sie es bestimmt, sich nicht für die Fotosession mit Dotty entschieden zu haben, was?“, murmele ich.

„Wäre es Ihnen lieber, ich wäre jetzt bei Dotty im Park?“

„Anstatt von einem Haufen bewaffneter Kerle entführt zu werden? Ich hätte um keinen Preis gewollt, dass Sie das verpassen.“

Ich gebe meiner Stimme einen zynischen Klang, um meine Angst zu überspielen. Die Wahrheit ist, dass ich mich beinahe übergebe und mein Herz wie verrückt rast.

Der Lieferwagen fährt los und ich werde gegen Leons Körper gedrückt. Ich bin froh, dass er bei mir ist. Hätten diese Männer mich allein geschnappt, wäre ich wahrscheinlich schon durchgedreht vor Angst.

Doch andererseits hätte Leon dann vermutlich Alarm geschlagen, wenn ich nicht rechtzeitig zum Wagen zurückgekehrt wäre. So fällt unser Verschwinden niemandem auf.

Zumindest *mein* Verschwinden wird niemand so schnell bemerken, seit Greg und ich Schluss gemacht haben. Aber was ist mit Leon? Er hat doch bestimmt eine Frau, Familie, oder zumindest eine Freundin? Unerklärlicher Weise gefällt mir der Gedanke gar nicht.

„Sind Sie verheiratet?“, frage ich Leon in der Dunkelheit.

„*Was?*“

„Haben Sie eine Freundin? Gibt es irgendjemanden,

dem Ihr Verschwinden auffallen wird?“

„Bin gerade erst in die Stadt gezogen.“

„Na großartig“, murmele ich. Trotzdem pocht mein Herz ein wenig schneller. Merkwürdig.

Wir werden erst morgen früh vermisst werden, wenn wir beide nicht zur Redaktionssitzung erscheinen. Doch morgen früh könnten wir bereits weiß Gott wo sein.

Falls wir überhaupt noch am Leben sein werden. Mein Magen krampft sich scheußlich zusammen. Der Lieferwagen biegt um eine Kurve und ich werde gegen Leon geschleudert. Sein großer Körper ist wie ein Fels in der Dunkelheit. Was auch immer unsere Entführer vorhaben, in diesem Moment bin ich unendlich dankbar dafür, dass Leon bei mir ist und dass ich nicht allein bin.

Kapitel 3

Der Lieferwagen brettert auf einer Autobahn dahin. Leon, J.T. und ich sitzen schweigend auf der Ladefläche. Es ist vollkommen dunkel und ich verliere das Zeitgefühl. Mein einziger Trost ist im Moment Leons warmer, harter Körper neben mir. Obwohl wir genug Platz haben, rücke ich nicht von ihm ab und lasse zu, dass unsere Oberschenkel sich berühren.

„Wohin bringen sie uns wohl?“, frage ich nach einer Weile.

„Sie sind doch die clevere Reporterin, was denken Sie?“, knurrt er.

„Vielleicht bringen sie uns dorthin, wo auch die anderen Entführten hingebracht worden sind.“ Ich senke meine Stimme. „Oder sie bringen uns um.“ Bei dem Gedanken wird mir elend vor Angst.

„Sie werden uns nicht umbringen. Zumindest nicht gleich. Das hätten sie auch in der Lagerhalle tun können. Sie haben irgendetwas mit uns vor.“

Leons gefasste Stimme beruhigt mich. Es ist dieses rollende Knurren, das so angenehm über meinen Körper läuft.

Irgendwann biegt der Lieferwagen ab und verlässt die Autobahn. Wir fahren über holprigen Untergrund. Es wird immer unebener, wir werden auf der Ladefläche hin und her geschüttelt, so dass ich das Gefühl habe, durchs Gelände zu fahren.

Die holprige Fahrt dauert ewig. Ich pralle immer wieder schmerzhaft gegen die Wand des Lieferwagens, und weil meine Hände auf meinem Rücken gefesselt sind, tut es ziemlich weh. Hin und wieder werde ich gegen Leons Körper geschleudert, spüre seine harte Wärme, und ein Hauch seines Dufts hüllt mich für einen Moment ein.

Im Lieferwagen ist es unerträglich heiß. Die Luft ist stickig, und die Hitze und die Dunkelheit gepaart mit dem nicht enden wollenden Schwanken und Wackeln verursachen mir heftige Übelkeit. Ich reiße mich zusammen, um mich nicht vor Leon zu übergeben. Aber mir ist so schlecht und schwindlig, dass ich wohl bald das Bewusstsein verlieren werde. Zum Glück habe ich an diesem Morgen noch nichts gegessen.

Ein weiteres Schlagloch, mein Kopf prallt hart gegen die Wand des Lieferwagens. Ich stöhne vor Schmerz. Leon schiebt seine massige Schulter hinter mich, so dass mein Kopf an seinem Oberarm liegt. Seine Muskeln fangen die Stöße des unebenen Bodens für mich ab. Ich sage nichts und lehne meinen Kopf gegen seine Schulter.

Es dauert eine Ewigkeit, bis der Lieferwagen schließlich anhält. Der Motor wird abgestellt und ich richte mich neben Leon auf. Ich spüre, dass auch sein Körper sich anspannt.

Plötzlich wird die hintere Tür des Lieferwagens aufgerissen. Gleißendes Sonnenlicht blendet mich, ich schließe die Augen und wende das Gesicht an. Fremde Hände packen mich grob und zerren mich aus dem Wagen, Leon und J.T. ebenfalls. Fast blind stolpere ich neben dem Mann her, der mich mit sich zieht, und blinzele vorsichtig. Das Licht ist zu grell, meine Augen sind die Dunkelheit des Lieferwagens gewöhnt. Ich sehe den steinigen, staubigen Untergrund zu meinen Füßen. Hat man uns in die Wüste gebracht?

Der Mann stößt mich in ein Gebäude hinein und ich bin dankbar, dem Sonnenlicht zu entkommen. Ich blicke mich um; wir befinden uns in einer alten, heruntergekommenen Lagerhalle aus Wellblech. An einer Wand hängt ein verrostetes Schild mit der Werbeaufschrift eines Gemüseherstellers.

Der Slogan ist auf Spanisch.

Die Halle ist voller Holzkisten und dient offenbar als Lager. Überall stehen Männer in dunklen Overalls, mit schweren Waffen in den Händen. Sie unterhalten sich auf Spanisch.

Von draußen höre ich Motorengeräusche und Männerstimmen. Es klingt, als würden LKWs beladen werden. Irgendetwas scheint abtransportiert zu werden.

Das ist ein Umschlagplatz für irgendwelche Waren, schießt es mir durch den Kopf. Doch worum handelt es sich? Was ist in den Holzkisten? Gemüse wohl kaum, wenn ich mir die schwerbewaffneten Männer so ansehe.

Wir werden durch eine Tür gestoßen und müssen eine Treppe in den Keller hinuntersteigen. Ich erwarte eine Abstellkammer und halte überrascht die Luft an. Unter der Lagerhalle befindet sich ein Labyrinth von Gängen und Räumen, mit niedrigen Decken und mit Neonröhren beleuchtet.

Wir werden in einen Raum gebracht, der so groß ist wie mein ganzes Apartment. Er ist verwinkelt, hat ein paar Nischen und tragende Säulen. Es sieht so aus, als wären Trennwände entfernt worden, um aus mehreren kleinen Räumen einen großen Bereich zu schaffen. Es gibt keine Fenster.

Der Raum ist leer und ziemlich verdreckt. In einer der Nischen sehe ich eine Toilette. Es gibt keine Tür davor.

Zu meiner Überraschung nimmt man uns die Fesseln ab. Der Mann, der meine Handschellen löst, wirft einen lüsternen Blick auf meinen Körper und grinst dann Leon und J.T. schäbig an, bevor er die Tür hinter sich ins Schloss zieht und uns einsperrt.

„Was ist das hier? Wo sind wir?“ Ich reibe mir die Handgelenke. Die Handschellen haben mir die Haut aufgescheuert.

„Mexiko“, knurrt Leon. Seine Aufmerksamkeit schießt wie ein Scanner durch den Raum, er erfasst blitzschnell die Umgebung.

„Mexiko? Man hat uns über die Grenze geschmuggelt? Aber wozu?“

„Bestimmt nicht für einen Sonntagsausflug.“ Leon

untersucht die massive Tür. Sie ist aus Stahl und verriegelt.

„Das hast du dir anders vorgestellt, nicht wahr?“, fauche ich J.T. an, der mit zusammengesunkenen Schultern neben uns steht und aussieht, als würde er sich am liebsten in einem dunklen Loch verkriechen. „Hast gedacht, du könntest mich gegen deinen Bruder eintauschen? Tut mir leid, ist wohl schiefgegangen.“

„Wie bist du an die Männer rangekommen?“, fragt Leon mit kalter Stimme. Als J.T. schweigt, packt ihn Leon mit einer Hand am Hals. Neben dem schmächtigen J.T. wirkt der Hüne noch größer. Seine Bewegungen sind so schnell, dass J.T. nicht reagieren kann. Röchelnd hängt er in Leons Griff.

„Wie bist du an die Männer rangekommen?“, wiederholt Leon seine Frage, langsam und bedrohlich. J.T.s Hände krallen sich um Leons Arm, doch er kann gegen Leon nichts ausrichten.

„Sind … zu mir … gekommen“, röchelt er. „Wollten … die Reporterin … haben gesagt … sie geben mir … Tom zurück.“

„Und du hast ihnen geglaubt?“ Leon lässt J.T. los, der keuchend auf die Knie sinkt und mit beiden Händen seinen Hals umklammert.

„Deshalb hast du dich plötzlich bereit erklärt, mit mir zu reden?“, frage ich. „Ich habe mich schon gewundert, was deine Meinung geändert hat.“

Verdammt. Wäre ich doch bloß nicht auf dieses Treffen eingestiegen. Aber ich musste ja unbedingt Informationen für meine Story kriegen, das habe ich jetzt davon.

Leons Nasenflügel blähen sich, er geht bedrohlich auf J.T. zu, der ängstlich zurückweicht. „Deinetwegen sitzen wir in diesem Loch, du erbärmlicher Verräter! Dafür sollte ich dir alle Knochen im Leib brechen!“

Er klingt, als ob er es ernst meint. Hastig trete ich dazwischen und lege meine Hände auf seine Brust. Erstaunlicherweise bleibt Leon stehen. Ich starre verwirrt auf meine Hände, die gegen seinen mächtigen Brustkorb drücken und doch nichts gegen seine Kraft ausrichten können. „Warten Sie! Ich weiß, er hätte es verdient, aber Sie können ihn doch nicht einfach zusammenschlagen."

„Sind Sie sicher?" Leons Augen funkeln gefährlich. Ich stemme mich entschlossen gegen ihn, eine geradezu lächerliche Geste. Er senkt seinen Blick auf meine kleinen Hände, seine Lippen zucken. Findet er das etwa komisch? Doch als er mich ansieht, trifft mich ein so glühender Blick aus seinen dunkelbraunen Augen, dass ich hastig meine Hände von seinem Körper zurückziehe.

„Was meinen Sie, was die da oben verkaufen?", frage ich, um das Thema zu wechseln und Leon abzulenken.

„Drogen? Waffen?" Er zuckt mit den breiten Schultern. „Lauter nette Dinge, für die man eine ausrangierte Lagerhalle in der Wüste Mexikos braucht."

„Aber warum hat man uns hierher gebracht?"

„Das werden uns die anderen bald erzählen."

Ich stutze. „Die anderen? Welche anderen?"

„Dieser Raum ist zu einer Gefängniszelle umgebaut worden. Groß genug für eine Menge Gefangener. Ich glaube, dass wir sehr bald herausfinden werden, was mit Ihren Entführten geschehen ist, Katie."

Mir läuft ein Schauer über den Rücken. Wenn Leon Recht hat, wenn dieser unterirdische Raum wirklich als Gefängnis für die entführten Männer aus South Los Angeles dient … wo sind sie dann jetzt? Und was steht Leon und mir bevor?

Stunden vergehen. Ich sitze auf einem halbwegs sauberen Stück Boden, den Rücken gegen die Wand gelehnt. Leon hat den ganzen Raum untersucht und geht jetzt vor mir auf und ab, wie ein eingesperrtes Raubtier. J.T. hat sich von uns zurückgezogen und kauert in einem Winkel auf der anderen Seite des Raums.

Ist auch besser so, der Verräter soll mir bloß nicht unter die Augen kommen. Ich habe ihn zwar vor Leon gerettet, aber nur, weil ich Mitleid mit ihm und seinem Bruder habe. Trotzdem bin ich stinksauer auf ihn, dass er mich an die Menschenhändler verraten hat.

Irgendwann halte ich es nicht mehr aus und muss die verdreckte Toilette benutzen. Es ist so ziemlich das Erniedrigenste, was ich jemals getan habe. Wenigstens hat Leon den Anstand, mir den Rücken zuzudrehen.

Meine Armbanduhr sagt mir, dass es kurz vor 20 Uhr ist. Da wir keine Fenster haben, ist mein Zeitgefühl komplett durcheinander. Es kommt mir vor, als wären wir schon seit Tagen in diesem Raum eingesperrt.

Ich habe Hunger, doch das Schlimmste ist der Durst. Hinter meinen Schläfen pocht es, aber wenigstens ist es in dem Kellerverlies nicht so heiß wie in dem Lieferwagen. Ich erinnere mich, dass es in der Wüste nachts sehr kalt werden kann und sehe mich nach Decken um.

Der Raum ist fast leer, bis auf ein paar schmutzige Matratzen, die neben einer Wand am Boden liegen. Ich sehe auch ein paar leere Wasserflaschen, was mir die Hoffnung gibt, dass unsere Entführer nicht vorhaben, uns verdursten zu lassen.

Plötzlich höre ich Schritte und Stimmen. Jemand nähert sich und die Tür zu unserem Gefängnis wird aufgesperrt. Hastig springe ich auf. Meine Beine sind starr vom langen Sitzen und ich muss mich an der Wand abstützen, weil meine Knie nachgeben.

Männer kommen durch die Tür herein. Sie tragen zerschlissene Kleidung und sehen erschöpft aus, unrasiert und ungepflegt. Als sie uns sehen, stutzen sie verwundert, doch die bewaffneten Wachen in den schwarzen Overalls hinter ihnen drängen sie, weiterzugehen.

Die Gefangenen starren mich an und machen eindeutige Gesten. Ich dränge mich zurück gegen die Wand. Leon tritt vor mich.

Ich zähle dreizehn, allesamt um die dreißig Jahre alt. Ob unter ihnen die verschwundenen Opfer aus South L.A. sind? Die Aufseher schlagen die Tür zu und verriegeln sie.

J.T. tritt aus seiner Nische hervor. „Thomas!"

Einer der Männer drängt sich zu J.T. durch und die beiden umarmen sich. „Du Vollidiot hast dich auch schnappen lassen?" Thomas verpasst seinem Bruder einen leichten Schlag auf den Hinterkopf, aber ich höre die Erleichterung in seiner Stimme, seinen Bruder wiederzusehen.

„Ich wollte dich freibekommen", sagt J.T.. „Sie haben mir versprochen, dich gehen zu lassen, wenn ich ihnen so eine Reporter-Schlampe liefere, die wegen der Entführungen recherchiert." Er deutet auf mich. Thomas' Blick flackert desinteressiert zu mir, dann wendet er sich wieder seinem Bruder zu. „Haben sie dir was getan?"

„Nein, bloß mein Schädel brummt. Sie haben mir eins übergezogen, bevor sie uns hergebracht haben." J.T. reibt sich den Kopf. „Alter, wo sind wir hier?"

„In der Hölle, kleiner Bruder", murmelte Thomas. „In der Hölle."

„Was machen sie mit euch?"

„Das sind Waffenschmuggler, J.T.. Wir müssen die Waren verpacken und verladen, jeden Tag kommen neue Lieferungen. Das Geschäft läuft anscheinend gut, denn sie holen sich immer mehr Arbeiter aus den Slums. Und wenn einer von uns nicht spurt …" Thomas imitiert mit seiner Hand eine Pistole, hält sie an den Kopf seines Bruders und drückt ab. Dabei bemerkt J.T., dass Thomas' Arm verletzt ist.

„Was ist mit deinem Arm passiert?"

„Quetschwunde. Die verdammten Kisten sind schwer. Dachte zuerst, der Arm wäre gebrochen, ist aber zum Glück nur eine Prellung. Wer nicht weiterarbeiten kann, wird erschossen."

Ich höre Thomas zu und mir wird übel. Plötzlich flimmert der Raum vor meinen Augen und ich sinke zurück. Starke Arme umfangen mich, bevor ich zu Boden taumele.

„Machen Sie die Augen auf." Leons raue Stimme, ganz

nah an meinem Ohr. Er schüttelt mich, sanft aber unnachgiebig, bis ich die Augen wieder aufschlage.

„Mir ist so schlecht“, murmele ich.

„Sie sind dehydriert.“

Ich reiße mich zusammen und zwinge mich, aufrecht stehen zu bleiben. Plötzlich höre ich, wie die Tür aufgeschlossen wird.

Zwei Wärter schleppen Wasserflaschen in Plastikpacks und abgepacktes Brot herein und stellen alles in der Zelle ab. Ein dritter Wärter steht mit der geladenen Waffe daneben und hält die Gefangenen in Schach, bis seine beiden Kollegen die Zelle verlassen haben und die Tür wieder verriegelt ist.

Wie auf Kommando stürzen sich die Gefangenen auf die Nahrungsmittel und es beginnt ein Kampf.

„Warten Sie hier.“ Leon durchquert mit raschen Schritten den Raum, geht auf die rangelnden Männer zu. Ich lehne mich erschöpft an die Mauer, bleibe aber auf den Beinen.

Schnell wird mir klar, dass nicht alle etwas von den Wasser- und Brotrationen abbekommen werden. Der größte der Männer, ein grobschlächtiger Kerl mit einer Narbe im Gesicht, sowie zwei weitere drängen die anderen von den Vorräten weg. Ein paar Männer konnten eine Flasche Wasser und ein wenig Brot ergattern und ziehen sich damit zurück, während die anderen um den Kerl mit der Narbe und seine beiden Kumpane herumschleichen, die über den Nahrungsmitteln stehen, als würden sie ihnen gehören.

Keiner traut sich, die drei Männer herauszufordern. Sie sind ziemlich breit und muskulös, die beiden Freunde des Kerls mit der Narbe sind bis über beide Unterarme tätowiert. Provozierend zieht der Narbenmann eine Wasserflasche aus dem Plastikpack unter seinem Fuß hervor, schraubt sie auf und trinkt in langen Zügen.

Die Gefangenen, die um ihn herumstehen und leer ausgegangen sind, scharren unruhig mit den Füßen.

Leon tritt auf die drei Männer zu und baut sich ruhig vor ihnen auf. Die beiden Tätowierten stellen sich ihm in den Weg, die Arme vor der Brust verschränkt.

„Ich brauche Wasser.“ Leons Worte klingen nicht wie eine Bitte. Eher wie eine Forderung. Die anderen Gefangenen werden sehr still.

Ohne sich aus der Ruhe bringen zu lassen, setzt der Mann mit der Narbe die Flasche von den Lippen ab und mustert Leon. Das maßgeschneiderte Hemd verrät, dass er nicht aus den Slums stammt.

„Wo haben sie dich denn aufgegriffen?“ Die Stimme des Narbenmannes klingt spöttisch.

„War zur falschen Zeit am falschen Ort“, erwidert Leon. Obwohl die beiden Männer im Plauderton sprechen, halte ich die Luft an. Keiner der anderen Gefangenen rührt sich. Alle spüren die Spannung, die in der Luft liegt. Die Konfrontation ist unausweichlich.

Ein herablassendes Lächeln breitet sich auf dem Gesicht des Narbenmannes aus. „Du willst also Wasser?“ Sein Fuß ruht auf einem der Plastikpacks. Er dreht die Flasche in seiner Hand um und lässt das restliche Wasser darin auf den Boden laufen. Dann wirft er Leon die leere Flasche vor die Füße. „Hier. Oh, ich fürchte, die ist leer.“ Seine Kumpane lachen.

„Ich werde hier nicht ohne Wasser weggehen.“ Leons Stimme klingt eiskalt.

„Ach ja?“ Der Mann mit der Narbe sieht sich belustigt unter seinen Kumpanen um. „Und wie willst du das machen?“

Leon bewegt sich so schnell, dass ich seinen Schlag erst wahrnehme, als einer der beiden tätowierten Männer bereits auf dem Boden aufschlägt. Der Mann mit der Narbe springt zurück und der andere Tätowierte stürzt sich auf Leon. Er verpasst Leon einen Kinnhaken, doch Leon wirbelt herum und tritt dem Mann mit solcher Wucht in den Magen, dass er über die Plastikpacks geschleudert wird und krachend am Boden landet. Alles passiert rasend schnell, und plötzlich steht Leon dem Mann mit der Narbe gegenüber.

Ich erwarte einen weiteren Kampf, doch zu meinem Entsetzen breitet sich ein anerkennendes Grinsen auf dem Gesicht des Narbenmannes aus. „Du kämpfst gut. Könnte einen wie dich gebrauchen. Mein Name ist Brock."

Leon erwidert nichts. Ohne Brock aus den Augen zu lassen, greift er sich zwei Wasserflaschen und eine Packung Brot, und kehrt dann zu mir zurück, ohne Brock den Rücken zuzuwenden. Seine Freunde kommen stöhnend wieder auf die Beine, doch Brock macht ihnen ein Zeichen, Leon in Ruhe zu lassen. Sein Gesichtsausdruck sagt mir, dass er Leon in Gedanken schon in seiner Gang sieht.

Die ganze Vorstellung hat mir ziemliche Angst gemacht. Ich habe die ganze Zeit die Luft angehalten und atme erst aus, als Leon vor mir steht.

„Hier." Leon reicht mir eine der Wasserflaschen. Weil er so schnell und aggressiv zugeschlagen hat, zögere ich. Plötzlich habe ich instinktiv Angst vor ihm. Ich habe keine Ahnung, wer er ist oder was für ein Monster unter der Oberfläche schlummert.

Er wartet, bis ich mich zusammenreiße und die Flasche annehme, und behält dabei argwöhnisch die anderen Gefangenen im Auge. Ich trinke so hastig, dass ich mich beinahe verschlucke.

Das Wasser läuft meine ausgedörrte Kehle hinunter und ich fühle mich sofort besser. Sogar das Pochen in meinen Schläfen lässt nach.

„Danke", murmele ich leise, nachdem ich die halbe Flasche in einem Zug geleert habe. Leon hat sein Wasser noch nicht angerührt.

Mir fällt die freistehende Toilette wieder ein. Nur die Vorstellung, sie hier vor einem Dutzend Männer benutzen zu müssen, hält mich davon ab, auch den Rest des Wassers gierig auszutrinken. Ich schraube die Flasche zu.

Erst jetzt wird mir so richtig bewusst, dass ich die

einzige Frau in der Zelle bin.

Eingesperrt in einem unterirdischen Raum, irgendwo in der mexikanischen Wüste, mit einem Dutzend krimineller und obdachloser Männer. Meine Finger krallen sich um die Wasserflasche. Weiß Gott, wann die das letzte Mal eine Frau gehabt haben.

Die anderen Gefangenen haben sich in die Nischen zurückgezogen, lehnen an den Mauern oder an den Säulen. Diejenigen unter ihnen, die Brot und Wasser ergattert haben, schlingen es hastig hinunter. Sie erinnern mich an ein Rudel wilder Tiere, so verroht sehen sie aus. Ich versuche, nicht darüber nachzudenken, was ihnen wohl in den Sinn kommen wird, sobald sie ihre Mahlzeit beendet haben und die Nacht hereinbricht.

„Wo haben Sie gelernt, so zu kämpfen?“, frage ich Leon, um mich abzulenken. Ich versuche, das Zittern in meiner Stimme zu verbergen, doch er sieht die Angst in meinen Augen.

„Kommen Sie.“ Ohne auf meine Frage zu antworten, greift er meinen Oberarm und zieht mich in eine Nische links von uns. Er deutet mir, mich zu setzen, und lässt sich selbst an der Ecke nieder, um den Raum im Auge behalten zu können.

Ich sinke zu Boden, die Wasserflasche noch immer fest umklammert. Die Nische schützt mich vor den Blicken der anderen Männer.

Aus den Augen, aus dem Sinn? Eine verzweifelte Hoffnung, an die ich nicht so recht glauben kann.

„In zwölf Stunden wird es Bob auffallen, dass wir nicht zur Redaktionssitzung erscheinen“, sage ich leise. Unsere Entführer haben uns alle persönlichen Dinge abgenommen. „Spätestens, wenn er mich nicht am Handy erreichen kann, wird er hoffentlich merken, dass etwas nicht stimmt und die Polizei alarmieren.“

Ich bemühe mich, taff zu klingen. Doch die Wahrheit ist, ich habe eine Scheißangst.

„In zwölf Stunden kann hier drinnen verdammt viel

passieren, vor allem einer jungen Frau wie Ihnen." Leons Worte vernichten meine Zuversicht. Ich kämpfe die Tränen zurück, die vor lauter Angst plötzlich in mir hochschießen, will nicht vor ihm heulen. Verkrampft beiße ich mir auf die Lippe.

Er wendet seinen Blick wieder den anderen Gefangenen im Raum zu. „Lassen Sie uns einfach versuchen, in zwölf Stunden noch am Leben zu sein, okay?"

Kapitel 4

Stunden verstreichen und die anderen Männer scheinen uns in Ruhe zu lassen. Ich esse ein wenig von dem Brot, das Leon mir gibt, aber mein Magen fühlt sich an wie ein Stein.

Gerade als die Anspannung ein wenig nachlässt und ich mir gestatte, für ein paar Minuten die Augen zu schließen, werde ich durch ein Geräusch wieder aufgerüttelt. Leon ist auf die Beine gesprungen und steht mit dem Rücken zu mir, ihm gegenüber drei der Gefangenen. Ich stehe ebenfalls hastig auf, bleibe aber an der Wand stehen. Die Nische ist höchstens vier Quadratmeter groß, mir bleibt keine Fluchtmöglichkeit, weil Leons breiter Körper den Eingang versperrt. Aber wohin hätte ich auch fliehen können? In den Raum hinaus, den anderen Gefangenen direkt in die Arme?

„Wir wollen uns die Kleine ansehen", sagt einer der drei Männer, die Leon gegenüberstehen. Alle drei sind hager und ungepflegt, doch sie sehen aus, als wären sie verdammt zäh. Das jahrelange Leben auf der Straße hat sie wohl abgestumpft.

Ich mache einen kleinen Schritt zur Seite, um in den Raum hinausspähen zu können. Die anderen Gefangenen scheinen sich nicht für uns zu interessieren, nur Brock und seine Kumpane beobachten uns.

„Das ist kein Zoo", knurrt Leon. „Haut ab."

„Sie ist so hübsch", sagt einer der drei und wirft an Leon vorbei einen Blick auf mich. Dabei leckt er sich über die Lippen. Mein Magen krampft sich zusammen. „Ob sie sich auch so gut anfühlt?"

„Komm schon, Mann." Sein Freund redet heiser auf Leon ein. „Wir können uns ja mit ihr abwechseln."

Jetzt richten auch die anderen Gefangenen ihre Aufmerksamkeit auf uns. Mir wird vor Angst eiskalt.

Der dritte Mann tänzelt unruhig auf der Stelle und betrachtet mich gierig. „Mein letzter Fick ist schon ewig her, und sie sieht aus, als könnte sie's brauchen."

Ich drücke mich mit dem Rücken gegen die Wand. Mein Puls rast. Mein Körper verkrampft sich, bereit zum Kampf.

Zum Kampf? Oh mein Gott, ich habe keine Ahnung vom Kämpfen! Alles, was ich über Selbstverteidigung weiß, habe ich aus Krimisendungen aus dem Fernsehen. Hätte ich doch bloß einmal einen dieser Kurse besucht! Doch welcher Selbstverteidigungskurs der Welt würde mir schon helfen, mich gegen ein Dutzend Männer zu wehren?

„Verschwindet. Ich werde es nicht noch einmal sagen." Leons Stimme klingt kalt und bedrohlich.

„Mann, lass uns doch …" Einer der Männer versucht, an Leon vorbeizukommen und nach mir zu greifen.

Leons Körper wirbelt herum, er packt den Mann und schleudert ihn auf den Boden. Dort bleibt er liegen und hält sich keuchend den Arm.

„Verdammte Scheiße, du hast mir die Schulter ausgerenkt, du Wichser, verflucht!"

Jetzt gehen die anderen beiden auf Leon los. Leon packt den ersten blitzschnell am Nacken und schmettert ihn mit dem Kopf gegen die Wand. Ein scheußliches Knacken ertönt, der Mann brüllt auf und sackt mit blutüberströmtem Gesicht zusammen.

Ich unterdrücke einen Schrei, als sich der dritte Mann von hinten auf Leon stürzt. Doch Leon, der fast doppelt so breit ist wie sein Angreifer, fegt den Mann zu Boden wie ein lästiges Insekt und verpasst ihm einen heftigen Tritt in die Nieren.

Alle drei Männer kriechen stöhnend über den Boden und schleppen sich davon. Ich drücke mich mit angehaltenem Atem gegen die Wand, als sich Leon zu mir umdreht.

Mein Herz schlägt bis zum Hals. Er kommt zu mir, bis er direkt vor mir steht. Ich wage kaum, den Kopf zu heben, zu deutlich spürt mein Körper die Hitze des Kampfes und das Adrenalin, das durch Leons Adern jagt. Mein Instinkt schreit mir zu, zu flüchten, aber es gibt nichts, wohin ich fliehen könnte. Trotzdem versuche ich, Leon auszuweichen, so sehr hat mein Überlebensinstinkt die Kontrolle übernommen. Leon stemmt seinen Arm neben mir gegen die Mauer, lässt mir keine Möglichkeit zur Flucht. So bleibe ich wie versteinert stehen, eine bedrohliche Mauer aus Muskeln vor mir, und halte den Blick gesenkt.

„Du bleibst hier“, knurrt er.

Eigentlich sollte ich mich bei ihm bedanken, dass er mich beschützt hat, aber mein Verstand ist ausgeschaltet, ich fühle nur noch Panik. Hier unten gelten keine Regeln mehr, es gibt niemanden, der ihre Einhaltung durchsetzen würde. Es gilt nur noch, zu überleben, und die primitivsten Bedürfnisse zu befriedigen.

Hier gilt das Recht des Stärkeren. Wer die Macht hat, bekommt Wasser, Nahrung – und die Frau.

„Bitte …“, flüsterte ich.

„Setz dich“, knurrt er. Als ich nicht sofort gehorche, packt er meine Schultern und drückt mich auf den Boden. Zitternd bleibe ich sitzen, während er zurück zu seinem Posten an der Ecke der Nische geht, für den Fall, dass noch andere Gefangene auf die Idee kommen, uns einen Besuch abzustatten.

Wir wären hier in der Hölle, hat J.T.s Bruder Tom gesagt. Ich umklammere meine Knie, mache mich so klein wie möglich und bete, dass das alles nur ein Albtraum ist.

Kapitel 5

Ich schrecke auf, als die Wächter die Tür aufsperren. Ich muss irgendwann eingeschlafen sein, aber ich hocke noch immer in derselben, verkrampften Haltung an der Mauer, meine Arme um meine Knie geschlungen. Es ist sechs Uhr morgens.

„Los!“, befielt einer der Wächter und winkt die Gefangenen aus der Zelle. „Bewegt euch, macht schon.“ Die Männer trotten nacheinander zur Tür hinaus.

„Steh auf“, zischt Leon mir zu. Meine Muskeln gehorchen mir nicht, mein gesamter Körper ist steif. Mit zwei raschen Schritten ist Leon bei mir und zieht mich ungeduldig auf die Beine. Ich stolpere mit ihm auf die Tür zu, spüre meine Füße kaum und muss mich an Leons Arm klammern, um nicht hinzufallen. Er schleift mich mit sich, wir sind die Letzten, die den Raum verlassen.

Die bewaffneten Männer zwingen uns, die Treppe nach oben zu steigen und führen uns in den hinteren Teil der Lagerhalle, den ich bei unserer Ankunft nicht gesehen habe.

Dort stehen lange Tische voller Schusswaffen verschiedener Größe und Kaliber. Daneben türmen sich Kisten aus schlichten Holzbrettern, mit Strohwolle gefüllt. Die Gefangenen machen sich stumm an die Arbeit.

Als ich zögere, versetzt mir einer der Wachen einen Stoß und ich stolpere auf den Tisch zu. „Los, mach dich nützlich!“

Thomas steht neben mir, hat gerade eine Kiste aufgestemmt und packt die Waffen darin auf den Tisch. Ich greife in die Kiste und helfe ihm, die Pistolen herauszuholen, dabei werfe ich ihm einen stummen, fragenden Blick zu.

Er reagiert nicht darauf, ignoriert mich und beginnt, die

Pistolen ihrer Größe nach zu schlichten. Natürlich sind sie nicht geladen und ich entdecke nirgends Munition. Weil ich nicht weiß, was ich tun soll, mache ich das Gleiche wie Tom und blicke mich dabei verstohlen nach Leon um. Der Wächter, der uns nach oben gebracht hat, zwingt ihn mit vorgehaltener Waffe, mit den anderen Gefangenen Kisten nach draußen zu schleppen. Ich verliere Leon aus den Augen.

Es ist nicht schwer, zu kapieren, was die Waffenhändler von uns wollen. Wir stemmen die neu gelieferten Kisten auf, packen die Waffen auf den Tisch, sortieren sie und verpacken sie dann in andere Kisten mit landwirtschaftlichen Werbeaufschriften. Ständig werden neue Waffenkisten geliefert und die umgepackten Waffen werden abgeholt. Wir müssen die Kisten auf Handstapler schlichten, aus der Halle schieben und in die LKWs verladen. Die Aufseher in den schwarzen Overalls stehen mit geladenen Waffen daneben und kontrollieren jeden Handgriff.

Es ist harte Arbeit und den Männern ist es egal, dass ich die einzige Frau bin. Um die Holzkisten aufzustemmen, muss ich mich mit meinem ganzen Gewicht auf das Stemmeisen stützen, hole mir Blasen und blaue Flecken, und schaffe es trotzdem kaum, die vernagelten Bretter zu lösen. Nach der achten Kiste bin ich so erledigt, dass ich auf die Knie sinke und eine Pause mache.

Ich sehe Leon nirgends. Die anderen Gefangenen arbeiten schweigend weiter, außer mir scheint niemand so erschöpft zu sein. Andererseits sind die Männer auch viel stärker als ich. Plötzlich fühle ich, wie sich der Lauf einer Waffe an meinen Hinterkopf drückt.

„Weitermachen, Schlampe", schimpft der Aufseher hinter mir und stößt den Lauf seines Maschinengewehrs gegen meinen Kopf. Ich zucke zusammen und komme hastig auf die Beine. „Wenn du noch eine Pause machst, sorge ich dafür, dass du nie wieder aufstehst, kapiert?"

Ich nicke und beginne mechanisch damit, die nächste Kiste auszuräumen.

Die Aufseher zwingen uns, weiterzuarbeiten, ohne uns ausruhen zu lassen, oder uns zu essen oder zu trinken zu geben. Meine Muskeln schmerzen, meine Arme sind fast taub vor Anstrengung und meine Bluse klebt an meinem verschwitzten Körper.

Hin und wieder sehe ich Leon schwere Kisten stapeln oder herumtragen. Immer wenn er sich in meine Richtung dreht, trifft mich ein Blick aus seinen glühenden Augen.

Stunden später haben wir endlich die letzte Lieferung abgearbeitet, jetzt müssen die Kisten nur noch in den wartenden LKW verladen werden. Zu zweit schlichten wir die Kisten auf Handstapler, sie sind so schwer, dass ich sie selbst mit Hilfe eines anderen Gefangenen kaum heben kann. Irgendwie schaffe ich es trotzdem, gemeinsam mit dem Mann drei Kisten auf einen Stapler zu wuchten. Dann wird der Gefangene von einem Aufseher zurückgeschickt, um mehr Kisten zu holen, und ich stehe allein vor dem Handstapler.

„Mach schon, du blöde Schlampe“, fährt mich der Aufseher an. „Brauchst du eine Extraeinladung?“ Um seine Worte zu bekräftigen, zielt er mit seiner Waffe auf mich. Ein überhebliches Grinsen erscheint auf seinem Gesicht, als ich mich ängstlich dem Handstapler zuwende und anschiebe.

Das Ding bewegt sich keinen Millimeter. Kein Wunder, sind doch drei schwere Kisten darauf gestapelt.

„Beweg dich endlich“, fordert der Aufseher ungehalten. Dabei wedelt er mit dem Lauf seiner Waffe in Richtung des LKWs, der draußen wartet.

Die Anstrengung, die Erschöpfung und die ständige Angst sind einfach zu viel, ganz zu schweigen von dem schrecklichen Durst. Die Luft in der Lagerhalle ist brütend heiß, nachdem die Sonne den ganzen Tag lang auf das Wellblech gebrannt hat. Mir platzt der Kragen. Zornig drehe ich mich zu dem Aufseher um.

„Das Scheißding ist zu schwer", fauche ich und starre den Mann wütend an.

Bin ich denn verrückt? Im nächsten Moment bereue ich meine unüberlegte Handlung, denn die Miene des Mexikaners versteinert. Er hebt die Waffe und zielt mitten in mein Gesicht.

„Du schiebst die Kisten sofort nach draußen, oder ich knall dich ab", sagt er drohend. „Ich zähle bis drei. Uno …"

Ich zögere einen Augenblick, dann drehe ich mich um und drücke gegen den Handstapler. Dieser Mann sieht nicht so aus, als ob er scherzt.

„… dos …"

Mein Herz beginnt zu rasen. Der verdammte Stapler bewegt sich kein Stück. Ich schiebe mit aller Gewalt, stemme mein gesamtes Gewicht dagegen, doch es ist sinnlos. Jetzt schießt panische Verzweiflung in mir hoch wie eine Stichflamme. Wenn ich diesen verdammten Wagen nicht zum Rollen bringe, wird der Mann mich in der nächsten Sekunde erschießen! Keuchend drücke ich gegen die Kisten, doch meine Füße rutschen unter mir weg, ich kann den Wagen kein Stückchen bewegen.

„… tres."

Ich erstarre, erwarte den Schuss.

Doch stattdessen legen sich zwei starke Hände auf meine und umschließen die Griffe des Staplers. Ein mächtiger Körper drückt sich gegen meinen Rücken, zwei muskulöse Arme bilden einen Käfig um mich.

Ich erkenne diese großen Hände und die durchtrainierten Arme sofort. Ich brauche mich nicht umzusehen, Leons Duft umfängt mich augenblicklich.

Ich spüre, wie sein Körper sich anspannt, seine Muskeln hart werden und er von hinten kraftvoll gegen meinen Rücken schiebt. Der Handstapler setzt sich in Bewegung.

„Kein Wort", raunt Leon, während er uns mit sicheren Schritten zum Hinterausgang bringt. Ich begreife nicht, warum der Aufseher zulässt, dass Leon mir hilft, ich bin bloß unendlich dankbar dafür, dass er aufgetaucht ist. Mein gesamter Körper zittert, als mir klar wird, wie knapp ich dem Tod entkommen bin.

Wir erreichen den LKW. Die Ladefläche ist bereits mit Kisten gefüllt, und Leon und ich heben die drei Kisten vom Stapler und tragen sie ebenfalls in den LKW, wobei Leon die Kisten eigentlich allein schleppt. Ich bebe vor Angst und Erschöpfung so stark, dass ich Mühe habe, aufrecht zu stehen.

Als der LKW voll beladen abfährt, kehren Leon und ich in die Lagerhalle zurück, zwei bewaffnete Aufseher hinter uns. Ich versuche, einen Blick von Leon zu erhaschen, um ihm zu danken, doch er hält seine Aufmerksamkeit geradeaus gerichtet, so als wäre ich gar nicht da. Dabei sieht er so wütend aus, als würde er am liebsten jemanden mit bloßen Händen umbringen.

Verwirrt schweige ich und stapfe mit gesenktem Kopf neben ihm her. Wir betreten die Lagerhalle und werden mit den anderen gemeinsam zurück in den Keller gebracht.

Kapitel 6

Kaum sind wir in die große Zelle gesperrt worden, bringt ein Aufseher Wasserflaschen und Brot, und derselbe Kampf um die Nahrungsmittel wie am Vorabend beginnt.

Ich lehne an der Mauer, zu erschöpft, um auch nur zu versuchen, an eine Wasserflasche zu kommen. Die schwächsten Gefangenen haben keine Chance auf ein Stück Brot, das teilen nur die Stärksten unter sich auf. Brock und seine tätowierten Freunde scheinen guter Stimmung zu sein. Als Leon auf die Wasservorräte zutritt, nimmt Brock seinen Fuß von einer Kiste, grinst, und bietet Leon eine Wasserflasche an.

Leon öffnet die Flasche und trinkt sie vor Brock seelenruhig leer. Keiner hindert ihn, als er sich noch zwei weitere Flaschen greift, Brock zunickt und dann zu mir kommt.

„Neue Freunde gefunden?", murmele ich. Ich bin dankbar, weil er mir heute das Leben gerettet hat, aber auch wütend, weil er so abweisend ist, und weil er anscheinend vorhat, sich Brock anzuschließen. Gemeinsam würden sie alles, was in dieser Zelle geschieht, kontrollieren.

Würde Leon so etwas tun? Keine Ahnung, ich kenne ihn viel zu wenig, um ihn einschätzen zu können. Außerdem funktioniert mein Verstand nicht mehr ganz richtig, mir ist elend vor Durst und mein Kopf pocht wie verrückt.

Leon baut sich finster vor mir auf.

„Halt die Fresse", schnauzt er mich plötzlich an, so laut, dass alle es hören können. Ich erstarre. Er packt mich und stößt mich vor sich her in die Nische, in der wir die vergangene Nacht verbracht haben.

Dort schubst er mich gegen die Wand. Ich fange mich

an der Mauer ab, drehte mich ihm zu und starre ihn mit weit aufgerissenen Augen an.

„Ist doch die Wahrheit, oder?“, flüstere ich. „Du, dieser Brock und seine widerlichen Schläger … wirst du jetzt einer von ihnen, oder was?“

Leon holt aus und schlägt zu. Ich kneife die Augen zusammen, drücke mich gegen die Wand und schreie erschrocken auf – doch ich spüre keinen Schmerz. Leons flache Hand klatscht auf meiner Kopfhöhe heftig gegen die Mauer. Ich blinzele ihn verwirrt an. Seine Nasenflügel blähen sich.

„Ich sagte: *Halt. Die. Fresse.*“ Seine Stimme ist wie ein Donnergrollen und hallt durch den ganzen Raum. Sie klingt so bedrohlich, dass ich vor Angst verstumme.

Er starrt mich einige Augenblicke lang wütend an, dann lässt er plötzlich von mir ab. Ich atme lautlos aus, wage aber nicht, mich zu bewegen.

Wortlos drückt mir Leon eine Wasserflasche in die Hand. Verwirrt ergreife ich sie. Er dreht sich um und lässt sich wieder an seinem Platz an der Ecke der Nische nieder, ohne mich weiter zu beachten.

Ich bin zu durstig, um klar denken zu können. Ich leere die ganze Flasche in hastigen Zügen, die öffentliche Toilette ist mir sowas von egal, ich habe das Gefühl, innerlich zu verbrennen.

Das Wasser rettet mir das Leben. Es löscht den schrecklichen Durst in meinem Innern, ich fühle mich besser. Vollkommen erschöpft rutsche ich an der Wand entlang zu Boden. Mein gesamter Körper schmerzt. Meine Muskeln protestieren gegen die Überanstrengung, meine Beine zittern. Als Leon sich nach einer Weile erhebt und zu mir kommt, bringe ich nicht mehr als eine unkoordinierte Bewegung zustande, ein lächerlich schwacher Fluchtversuch.

Ich dränge mich gegen die Wand, mein Blick auf Leon geheftet. Es scheint ihm gleichgültig zu sein, dass er mir Angst macht. Zur Hölle, besitzt dieser Mann überhaupt noch andere Gefühle außer Wut und Gleichgültigkeit? Doch diesmal geht er nicht auf mich los. Er hält mir eine Ration Brot hin und wartet, bis ich die Hand ausstrecke und sie annehme. Dabei lasse ich ihn nicht aus den Augen, halb in der Erwartung, dass er wieder explodiert.

Doch nichts geschieht. Er lässt sich wieder auf dem Boden nieder, diesmal nicht an der Ecke der Nische, sondern ganz in meiner Nähe. Er hat noch immer den Raum im Blick, aber er sitzt mir jetzt so nah, dass er nur den Arm auszustrecken braucht, um mich zu berühren.

Mein Magen fühlt sich immer noch wie ein Stein an, aber ich schlinge das Brot trotzdem hinunter. Ich bin einfach zu hungrig, weil ich seit zwei Tagen nichts gegessen habe.

Gleich nachdem ich den letzten Bissen Brot geschluckt habe, fühle ich mich, als müsste ich mich übergeben. *Das sind die Nerven*, denke ich und zwinge mich, das Brot bei mir zu behalten. Wenn ich mich übergebe, werde ich morgen zu schwach sein, um weiterzuarbeiten. Und so, wie die Dinge sich entwickeln, bin ich mir nicht sicher, ob Leon mir noch einmal aus der Klemme helfen wird.

Um 22 Uhr werden alle Lampen bis auf die über der Tür in unserer Zelle abgeschaltet. In der Nische wird es so dunkel, dass ich Leons Gestalt nur noch schemenhaft wahrnehme. Es ist kalt und ich beginne vor Erschöpfung zu zittern.

Ich bin so müde, dass ich am liebsten schlafen will, aber meine Gedanken wirbeln wild durch meinen Kopf. Wie soll ich die schwere Arbeit am nächsten Tag bewältigen? Mein Körper wird noch erschöpfter sein als heute, ich werde es nicht durchstehen. Diese Kisten zu bewegen ist einfach unmöglich. Ich schiele zu Leon hinüber, seinem breiten, massigen Körper, der sich im Halbdunkel neben mir abzeichnet. Wer über solche Kraft, solche Muskeln verfügt, dem gelingt es, diese Arbeit zu machen. Aber mein schmaler Körper ist dafür einfach ungeeignet. Ich werde es nicht schaffen. Was die Aufseher dann wohl mit mir machen werden? Werden sie mich erschießen, oder werden sie vielleicht eine andere Verwendung für mich finden? Bei diesem Gedanken wird mir erneut übel. Ich verdränge die Vorstellung und zwinge mich, stattdessen über zu Hause nachzudenken.

Ob Bob schon die Polizei verständigt hat? Sucht man bereits nach uns? Wenn sie meinen Wagen in South L.A. gefunden haben, besteht dann die Chance, dass sie eine Spur finden, die die Polizei zu uns führen wird? Vielleicht hat ja jemand etwas von unserer Entführung mitbekommen, vielleicht hat jemand den Lieferwagen wegfahren sehen … und bis nach Mexiko verfolgt? Wohl eher nicht. Meine Hoffnung schwindet. Ebenso die Wunschvorstellung, dass die Polizei Zeugen für unsere Entführung ausfindig macht. Niemand in den Slums redet, wenn er etwas sieht, was er nicht sehen sollte. Es ist einfach zu gefährlich, keiner riskiert gern sein Leben. Ich seufze verbittert. Es ist schwierig genug gewesen, einen einzigen Informanten aufzutreiben, der bereit war, mit mir zu sprechen – und wohin hat es mich gebracht? In die Gewalt mexikanischer Waffenhändler. Ich könnte diesem verdammten J.T. den Hals umdrehen. Fast bereue ich es, Leon gestern aufgehalten zu haben.

Welche Möglichkeiten gibt es, von hier zu fliehen? Die Bande der Waffenhändler besteht aus mindestens zwanzig bewaffneten Männern, von denen acht bis zehn uns ständig bewachen, während wir arbeiten. Ich habe keine Ahnung, wo genau wir uns befinden und ärgere mich, dass ich mir die Umgebung nicht genauer angesehen habe, als Leon und ich den LKW beladen haben. Ich nehme mir fest vor, mir morgen so viele Details wie möglich über die Halle und die Wächter zu merken, und vielleicht auch über die Umgebung, falls man mich wieder nach draußen bringt.

Falls es mir gelingt, den verdammten Stapler in Bewegung zu setzen, und ich nicht vorher erschossen werde.

Ich sollte ein wenig schlafen, um meine Kräfte für morgen zu sammeln, doch die Kühle der Wüstennacht, die Angst und die Erschöpfung lassen mich vor Kälte zittern, bis meine Zähne aufeinanderschlagen.

Plötzlich bewegt sich Leon neben mir. Ohne Vorwarnung schließt sich eine große Hand um meinen Arm und zieht mich an ihn. Hastig versuche ich, seinem Griff zu entkommen, doch er schlingt einen muskulösen Arm um meinen Körper und hält mich mühelos fest. Ich zapple und winde mich, versuche, seinen Arm von mir zu schieben, aber seine Muskeln scheinen aus Stahl zu sein. Panik steigt in mir auf. Was wird er tun?

„Nein“, keuche ich. „Lass mich los! Bitte, lass mich los!“ Leon lässt mich eine Weile gegen ihn ankämpfen. Bemerkt er meine Gegenwehr überhaupt? Er sitzt mit dem Rücken an die Wand gelehnt und hält mich mit nur einem Arm fest. Sein Körper ist wirklich wie ein Fels, groß und unbezwingbar. Ich begreife, dass meine Gegenwehr nicht den geringsten Effekt hat und bekomme es wirklich mit der Angst zu tun. Natürlich habe ich gewusst, dass Leon stark ist, aber ich bin seiner Stärke noch nie ausgeliefert gewesen. Ich habe wirklich nicht den Hauch einer Chance.

Plötzlich scheint er genug von dem Spielchen zu haben und zieht mich an seinen Körper, so dass ich zwischen seinen Beinen sitze und sein Arm mich an seine Brust drückt. Seine andere Hand schließt sich um meinen Mund und erstickt meine Schreie. Ich spüre nur seinen breiten, mächtigen Brustkorb und seine harten Arme, die mich so fest umklammern, dass ich mich nicht mehr rühren kann. Meine Finger krallen sich in seine Unterarme.

Er senkt den Kopf an mein Ohr, ich fühle, wie sein Dreitagebart über meine Wange kratzt.

„Hör auf zu schreien“, flüstert er, so leise, dass nur ich es hören kann. Seine Stimme klingt sanfter, ganz anders als vorhin, als er mich vor den anderen Männern beschimpft hat.

Ich verstumme. Es hat sowieso keinen Sinn, mich

gegen ihn zu wehren. Er ist so stark, dass er seinen Willen bekommen wird. Selbst wenn ich schreie, wer sollte mir hier schon helfen?

Ganz langsam nimmt er seine Hand von meinem Mund, lässt sie aber zur Sicherheit an meinem Hals ruhen. Die Geste ist besitzergreifend und macht mir Angst. Werden sich seine Finger um meinen Hals schließen und zudrücken, wenn ich nicht mitspiele? Er umgreift meinen Kehlkopf und seine Finger liegen genau auf meinen Halsschlagadern. Ein kleiner Schub seines Handballens und ich würde ersticken, ein wenig Druck seiner Finger und ich würde das Bewusstsein verlieren. Die grauenhafte Gewissheit steigt in mir auf, dass dieser Mann genau weiß, was er tut.

Ich bin mir inzwischen sicher, dass Leon kein Fotograf ist, oder dass er zumindest in einem früheren Leben einen anderen Job gemacht haben muss. Seine Kraft, seine Art, zu kämpfen, die Geschwindigkeit, die Präzision seiner Schläge, und nicht zuletzt der bedrohliche Griff, mit dem er mein Leben gerade in der Hand hält - beinahe zärtlich ruht seine Hand an meinem Hals, mit gerade so viel Druck, um mich nicht vergessen zu lassen, wer die Kontrolle hat – all das verrät deutlich, dass unter seiner kühlen Fassade eine tödliche Kampfmaschine lauert.

Ich gebe meinen Widerstand auf und liege still, doch mein gesamter Körper ist verkrampft.

„Was willst du von mir?“, bringe ich leise hervor. Meine Stimme bebt, weil ich fürchte, dass er jeden Moment meinen Hals zusammendrückt.

„Dir ist kalt“, erwidert er, seine raue Stimme ein Flüstern. „Du zitterst.“

Ich schlucke. Dabei spüre ich seinen Griff an meiner Kehle. „Ich habe Angst.“ *Vor dir.*

Er setzt zu einer Antwort an, doch im letzen Moment entscheidet er sich, zu schweigen. Dann nimmt er langsam seine Hand von meinem Hals und legt seinen Arm um mich, während der harte Griff seines anderen Arms sich lockert. Jetzt hält er mich ruhig an seine Brust gedrückt. Verwirrt hebe ich den Kopf, doch diese Bewegung lässt seine Arme sofort wieder zu Stahlklammern werden. Ich sinke zurück, und wieder lockert sich sein Griff.

Ich verstehe das nicht … was will er von mir? Ich liege ganz still in seinen Armen, atme flach und warte darauf, dass er irgendetwas tut.

Doch nichts geschieht. Er hält mich einfach an sich gedrückt, und ich fühle seinen kräftigen Herzschlag und die Wärme seines mächtigen, harten Körpers.

„Schlaf, Katie“, murmelt er nach einer Weile.

Ich starre verwirrt ins Halbdunkel. Ich sehe nichts als die Wölbung seines massigen Bizepses, und gleichzeitig fühle ich, wie sich sein Brustkorb unter seinen ruhigen Atemzügen hebt und senkt.

Ich begreife nicht, woran ich bei ihm bin. Warum beschützt er mich, rettet mich, nur um mich dann zu ignorieren und anzuschnauzen? Warum macht er mir Angst, und versorgt mich im nächsten Moment mit Nahrung und Wasser? Er zwingt mich mitten in der Nacht in seine Arme – nur um mich zu wärmen, weil ich vor Kälte zittere?

Wer zur Hölle ist dieser Kerl?

Kapitel 7

Um halb drei Uhr morgens erwache ich, weil meine Blase drückt. Ich liege noch immer in Leons Armen, an seine Brust gelehnt. Sein Atem geht ruhig und gleichmäßig, er schläft. Seine Arme sind entspannt um meinen Körper geschlungen.

Ich denke mit Grauen an die einzige Toilette in der Zelle, aber ich muss so dringend aufs Klo, dass ich keine Wahl habe. Vielleicht habe ich ja Glück und die anderen Gefangenen schlafen alle.

Vorsichtig, um Leon nicht zu wecken, schäle ich mich aus seiner Umarmung. Dann stehe ich auf und schleiche ganz leise aus unserer Nische heraus.

Die Neonröhre über der Tür flimmert, sie ist die einzige Lichtquelle. Ich sehe genug, um die liegenden Gestalten zu erkennen. Aus einer Ecke dringen Schnarchgeräusche.

Langsam und leise schleiche ich vorwärts, steige behutsam über die schlafenden Männer, um keinen aufzuwecken. Die blöde Toilette ist auf der anderen Seite der Zelle, ich muss quer durch den Raum. Ich husche zwischen den Gefangenen hindurch, so lautlos wie möglich.

Es gelingt mir, die Toilette zu erreichen, ohne jemanden aufzuwecken. Ich erleichtere mich so leise es geht, es scheint eine Ewigkeit zu dauern. Mein Blick flackert unablässig durch die Zelle, ich bete, dass mich niemand bemerkt.

Fast habe ich es geschafft, jetzt muss ich nur noch zurück in unsere Nische. Nochmal quer durch den Raum. Ich halte den Atem an und schleiche los.

Ich habe gerade zwei Schritte gemacht, als sich eine fremde Hand um meinen Knöchel schließt. Erschrocken ziehe ich die Luft ein, als der Mann vor mir am Boden plötzlich seine Arme um meine Beine schlingt und mich zu Fall bringt. Ehe ich schreien kann, hält mir ein anderer den Mund zu.

Ich wehre mich wie verrückt, doch die beiden Männer werfen sich auf mich und drücken mich auf den Boden. Einer hält meine Handgelenke fest und zerreißt meine Bluse, ich versuche zu schreien, als er grob meine Brüste betatscht. Er drückt seine Hand so fest auf meinen Mund, dass von meinen Schreien nur ein gedämpftes Röcheln zu hören ist, ich kriege kaum Luft und verspüre Todesangst. Seine Hand liegt so über meinem Mund und meiner Nase, dass ich ersticken werde! Ich versuche, ihn zu beißen, ihn abzuschütteln, doch er und der andere Angreifer sind viel zu stark. Während der Erste weiterhin schmerzhaft meine Brüste zusammendrückt, zerrt mir der andere die Jeans vom Körper. Ich wehre mich verzweifelt, trete nach ihm, doch er zwingt meine Schenkel auseinander und kniet sich auf meine Beine. Sein Gewicht drückt so fest auf meine Oberschenkel, dass mir vor Angst und Schmerz die Tränen in die Augen schießen.

„Oh ja, ich besorg's dir, kleine Schlampe", keucht er, während er seine Hose aufreißt. Er ist vor Erregung so ungeschickt, dass der andere die Geduld verliert.

„Mach schon, Mann, ich will auch ran! Mein Ständer ist schon so hart, ich explodier‘ gleich."

Tränen verschleiern mir die Sicht, ich kann nichts mehr sehen, fühle nur noch die brutalen Hände der beiden Männer überall auf meinem Körper. Mein Herz hämmert wie verrückt, ich wünsche mir nur noch, das Bewusstsein zu verlieren, damit ich die schreckliche Tortur nicht mehr länger ertragen muss. Ich kämpfe um jeden Atemzug, die Hand, die auf meinen Mund gepresst wird, stinkt nach Dreck und Schweiß, ich versuche vergeblich immer wieder, zuzubeißen, doch ich schaffe es nicht. Die Hand schmeckt salzig, ein widerlicher Geschmack, genauso widerlich wie die beiden Männer auf mir.

Sie haben sich seit Wochen nicht gewaschen und ihre Brutalität gleicht der wilder Tiere.

Bitte, lass mich ohnmächtig werden, flehe ich in Gedanken. *Bitte, lass mich das nicht miterleben müssen. Bitte …*

Der Mann, der zwischen meinen Schenkeln kniet, hat seinen Schwanz aus der Hose befreit. Er keucht vor Gier, mein Körper verkrampft sich vor Angst, er bringt sich in Position – und wird plötzlich von mir fortgerissen.

Ich sehe nichts als einen mächtigen Schatten, der im nächsten Augenblick auch den zweiten Mann von mir herunterreißt und quer durch die Zelle schleudert, als wäre er eine Puppe.

Zitternd rolle ich mich zur Seite und rappele mich auf. Mein Herz rast, ich keuche vor Angst so heftig, als hätte ich einen Marathon hinter mir.

Leon stürzt sich wie ein Raubtier auf die beiden Männer, die mich angegriffen haben. Ehe sich der erste erheben kann, ist Leon über ihm, sitzt quer auf seiner Brust und versetzt ihm einen mächtigen Faustschlag nach dem anderen. Er ist so außer sich, dass ich sicher bin, dass er den Mann totschlagen wird.

Als sich mein Angreifer nicht mehr rührt, springt Leon auf und stürzt auf den zweiten zu. Der Lärm hat auch die anderen Gefangenen geweckt, sie richten sich auf um zu sehen, was los ist.

Ich kauere bebend auf dem Boden, während Leon den zweiten Angreifer packt. Es ist derjenige, der mich zuerst vergewaltigen wollte, sein Penis hängt noch aus der offenen Hose. Leon schmettert den Kopf des Mannes gegen den harten Boden, mit einem scheußlichen Knacken prallt sein Schädel auf, dann bleibt der Mann reglos liegen. Alles ist innerhalb weniger Sekunden geschehen, so schnell, dass ich es kaum glauben kann.

Bin ich wirklich gerettet? Ich schmecke noch den salzigen Dreck von der Hand meines Angreifers auf meinen Lippen, es bringt mich zum Würgen und ich wische hastig mit dem Stoff meiner zerrissenen Bluse über meinen Mund.

Leon erhebt sich schwer atmend. Meine beiden Angreifer liegen stöhnend auf dem Boden, sie sind nicht tot. Leon greift nach meinem Arm und zieht mich auf die Beine.

„Sie gehört mir“, knurrt er in die Runde der Gefangenen, die uns schweigend beobachten. Jetzt sind wirklich alle aufgewacht und starren uns an. „Sie ist mein Eigentum! Keiner rührt sie an, habt ihr verstanden? Der Nächste, der sie anfasst, ist tot!“

Er wirft einen herausfordernden Blick in die Runde, wartet darauf, dass es jemand wagt, ihm zu widersprechen. Tödlicher Zorn strahlt von seinem Körper aus wie eine bedrohliche Warnung. Keiner der Männer rührt sich. Ich fange einen Blick von Brock auf, doch er schürzt nur die Lippen und lehnt sich zurück. Leon zerrt mich zurück in unsere Nische.

Kapitel 8

Er wirft einen Blick hinter sich, um sich davon zu überzeugen, dass keiner der Gefangenen seine Meinung geändert hat und ihn angreift. Als Leon sicher ist, dass wir in Ruhe gelassen werden, wendet er seine Aufmerksamkeit mir zu.

Sein gesamter Körper pulsiert von der Hitze des Kampfes und dem Adrenalin. Blut pumpt durch seine Muskeln, er wirkt noch breiter als sonst. Ich fühle die aggressive Kraft, die von ihm ausgeht, sie lässt mich versteinern.

Er greift nach meiner zerrissenen Bluse, zieht sie vorne auseinander und entblößt meinen Spitzen-BH. Ich bin so verängstigt, dass ich es nicht einmal wage, zu versuchen, mich ihm zu entziehen.

Als ob ich eine Chance hätte.

„Bitte …“, flüstere ich, meine Stimme kaum hörbar. Er hält den Stoff meiner Bluse zwischen seinen Fingern, ich sehe dunkle Feuchtigkeit auf seinen großen Knöcheln schimmern.

Das Blut meiner Angreifer.

Ich kann nicht mehr. Tränen laufen ungehindert über meine Wangen, ich zittere am ganzen Körper.

„Bitte“, bringe ich heiser hervor. „Bitte, tu mir nicht weh.“

„Bist du verletzt?“ In seiner Stimme liegt wieder dieses rollende Knurren, das mir einen Schauer über den Körper jagt.

Ich weiß nicht, ob ich verletzt bin. Ich habe solche Angst, dass ich keine Schmerzen spüre. Ich schüttele den Kopf.

Wortlos zieht Leon mich auf den Boden.

„Nein“, wimmere ich. „Bitte nicht. Bitte …“

Hat er mich nur gerettet, um mir selbst Gewalt anzutun? Hat er ernst gemeint, was er vorhin vor den anderen Gefangenen verkündet hat? Dass ich sein Eigentum bin und er mit mir machen kann, was er will?

Wird er seinen Anspruch auf mich geltend machen, jetzt, wo andere es gewagt haben, mich ihm streitig zu machen? Ich habe keine Kraft mehr, um mich gegen ihn zu wehren. Er zwingt mich auf den Rücken und beugt sich besitzergreifend über mich. Sein schwerer Körper drückt mich zu Boden, er hält meine Arme fest, ich kann nichts gegen seine Kraft ausrichten.

„Wirst du mich vergewaltigen?“, frage ich leise. „Nur um zu beweisen, dass ich dir gehöre?“

„Das brauche ich nicht mehr zu beweisen“, knurrt er. „Alle wissen es jetzt.“

Meine zerrissene Bluse fällt zur Seite, ich liege nur noch im BH unter ihm. Sein Unterarm streift meine Brust, ich fühle die harten Muskeln durch den dünnen Stoff hindurch. Leons Blick gleitet auf meine Brüste, meine Nippel zeichnen sich durch den Satinstoff ab, weil ich solche Angst habe.

„Haben sie dir wehgetan?“, fragt er rau. Zorn flammt in seiner Stimme auf.

Ich blinzele auf meinen BH hinunter und sehe schmutzige Handabdrücke auf dem cremefarbenen Stoff, dort wo mein Angreifer mich grob angefasst hat.

„Ich hätte sie doch umbringen sollen“, knurrt Leon. Er lässt seinen Unterarm an meiner Brust ruhen, so, als würde er die Berührung genießen. Jeder Atemzug von mir drängt meinen Busen gegen seine Haut. Sie ist so viel rauer als meine, gebräunt und voll kleiner Härchen.

Meine Haut ist zart und hell, fast durchscheinend neben ihm. Ich sehe das Muskelspiel der Sehnen auf seinem Unterarm.

„Warum sagst du das?“, frage ich leise. „Damit sie mich nicht noch einmal anfallen können?“ Verwirrt keimt ein winziger Hoffnungsschimmer in mir auf.

Will er mich etwa … beschützen?

„Es ist nicht klug, sich in dieser Situation Feinde zu schaffen und sie am Leben zu lassen“, knurrt er. „Wer weiß, welche Rachepläne sie schmieden. Ich darf ihnen niemals den Rücken zuwenden.“

Meine Hoffnung verpufft. Es geht nicht um mich. Es geht um seine eigene Sicherheit.

Ich bin ihm völlig gleichgültig.

„Warum hast du diese Männer dann überhaupt aufgehalten?“, frage ich mit hohler Stimme. „Warum hast du dir Feinde geschaffen?“

„Ich dachte, das wäre klar.“ Seine dunklen Augen blicken auf mich herab, doch ich sehe nur einen Schimmer im Halbdunkel. „Ich muss meine Position festigen, wenn ich überleben will. Klarstellen, wer hier die Regeln macht.“ Er macht eine kurze Pause. „Dazu gehört, klarzustellen, wem du gehörst.“

Ich schlucke trocken. „Sind wir schon so weit? Innerhalb von vierundzwanzig Stunden bin ich von deiner Kollegin zu deinem Eigentum geworden?“

Er stützt sich auf seinen Ellbogen auf, so dass er von oben auf mich heruntersieht. Sein breiter Brustkorb ragt wie eine unüberwindliche Mauer neben mir auf, und sein Unterarm liegt noch immer quer über meinem Körper und streift meine Brust. Leon hält mich nicht mit Gewalt am Boden, doch der Druck seines Arms erinnert mich daran, dass er entscheidet, ob ich mich aufrichten darf.

„Du scheinst den Ernst der Lage nicht zu begreifen“, sagt er. „Das hier sind Gesetzlose, mitten im Niemandsland. Die meisten der Gefangenen sind Kriminelle, die schon in L.A. keine Skrupel und keine Menschlichkeit gehabt haben. Hier sind sie ganz auf sich gestellt, ihre niedrigsten Instinkte brechen hervor und übernehmen die Kontrolle. Du hast gesehen, wie Brock und die anderen über Wasser und Nahrung herrschen, was denkst du, was sie mit dir machen würden? Du bist die einzige Frau hier unten, und verdammt, Katie, du bist zu verlockend.“ Das Knurren seiner Stimme wird tiefer. „Sie würden am liebsten alle über dich herfallen wie Tiere. Du würdest es nicht überleben.“

Ein Kloß entsteht in meinem Hals, der immer dicker wird. „Was ist deine Lösung? Wirst du über mich herfallen, bevor sie es tun? Willst dir die Gelegenheit nicht entgehen lassen, solange noch etwas von mir übrig ist, ja?“

Es sind die Angst und die Verzweiflung, die mich so sprechen lassen. Vielleicht hoffe ich auch, ihn genug zu reizen, damit er wütend wird und ebenso zuschlägt wie bei meinen Angreifern.

Dann wäre diese Hölle wenigstens endlich vorbei.

Tränen laufen über meine Wangen und ich wende das Gesicht von ihm ab.

Ich weiß, dass er die Wahrheit sagt. Dass es nur eine Frage der Zeit ist, bis alle diese Männer über mich herfallen werden. Einer nach dem anderen, oder mehrere gleichzeitig, immer wieder.

Niemand wird mir helfen, und ich kann nicht fliehen. Es gibt keinen Ausweg für mich, ich warte nur noch darauf, wann es geschieht. Das ist mir tief im Innern klar, seit die anderen Gefangenen die Zelle gestern betreten haben und ich ihre Blicke gesehen habe. Ich habe dieses Wissen nur verdrängt, es zurückgehalten, damit ich vor Angst nicht wahnsinnig werde.

Von den Aufsehern erwarte ich keine Hilfe. Im Gegenteil, ich wundere mich, dass sie selbst noch nicht versucht haben, sich an mir zu vergreifen. Doch vermutlich haben die Waffenhändler genug Frauen, anders als die Gefangenen hier unten.

Hier bin ich die Einzige. Mein Körper verkrampft sich und ich beginne zu wünschen, dass ich tot wäre.

Lieber tot, als diese Hölle zu durchleiden.

Irgendwann wird sich auch Leon mir nähern. Ich spüre an der Art, wie er neben mir liegt, wie sein Arm meine Brust streift, dass ich ihn nicht kalt lasse. Vielleicht wird er mich nur nehmen, um zu beweisen, dass er mehr Macht besitzt als die anderen Gefangenen.

Wenn ich an Leons körperliche Kraft denke, wird meine Angst noch größer. Er könnte mich umbringen, mir mit einer Hand das Genick brechen, mühelos. Ich möchte gar nicht daran denken, was er mir alles antun könnte, wenn auch seine Schranken brechen und auch er zu einem dieser rohen Tiere wird, um hier zu überleben.

Er verzieht bei meinen Worten die Lippen und knurrt drohend. „Ich habe dich zu meinem Eigentum gemacht, Katie. Du gehörst mir, und was ich vorhin vor den Männern gesagt habe, habe ich ernst gemeint. Ich kann mit dir tun, was ich will, also hör auf, mich zu reizen."

„Warum bringst du es dann nicht einfach hinter dich?" Meine Stimme zittert und ich wage es nicht, den Kopf zu drehen und ihn anzusehen. Ich bete, dass er einfach zuschlägt, und dass es schnell vorbei ist.

Seine Hand wandert an meinen Hals und umfasst meine Kehle. „Warum willst du unbedingt, dass ich dir wehtue?"

„Weil du es doch sowieso tun wirst", flüstere ich. „Ich habe gesehen, wie du dich verändert hast. Du bist ebenso zu einem Wilden geworden wie die anderen! Also warum machst du es nicht gleich?" Ich nehme meinen Mut zusammen und blicke ihn an, mit so viel Trotz in meinen Augen wie möglich. „Macht dich das an, ja? Einer wehrlosen Frau Gewalt anzutun?"

Er richtete sich neben mir auf. „Ich habe dir niemals Gewalt angetan."

„Und was soll das alles?" Ich richte mich ebenfalls ein wenig auf, stütze mich auf meine Ellbogen, das ist alles, was er mir gestattet. „Du bringst mich hierher in diese Nische, du zwingst mich, bei dir zu bleiben, du bedrohst mich vor den anderen! Ständig lässt du mich spüren, dass ich deiner Kraft nicht gewachsen bin, dass ich dir nichts entgegenzusetzen habe, dass du mit mir tun kannst, was du willst …"

Mit einem wütenden Knurren drückt er mich zurück

auf den Boden, seine Hand umgreift eisern meinen Hals. Er packt zu, doch nicht so fest, dass ich ersticke. Instinktiv umfasse ich mit beiden Händen seinen Arm, versuche seine Hand von meinem Hals wegzuziehen, doch es ist sinnlos. Wie Stahlklammern schließen sich seine Finger um meine Kehle, und er beugt sich über mich und funkelt mich wütend an.

„Warum reizt du mich so? Das war ein verdammt beschissener Tag, es ist kein guter Moment, um mich …“

„Wirst du deine Wut an mir auslassen, wie du sie vorhin an den beiden Männern ausgelassen hast?“, keuche ich. Ich bekomme kaum noch Luft.

„Was?“, faucht er.

„Vielleicht turnt es dich ja auch an, mich zu misshandeln.“ Es ist die reine Verzweiflung, die aus mir spricht. Ich will nie, niemals wieder einen Angriff wie den der beiden Männer durchleben müssen, und wenn ich weiterlebe, dann fürchte ich, dass das mein Alltag hier sein wird. In diesem Moment, erfüllt von Angst und Panik, scheint mir der Tod der einzige Ausweg zu sein. Mein Herz schlägt so heftig gegen meinen Brustkorb, dass es schmerzt. „Willst du mich genauso schlagen wie sie? Na los, mach schon, zeig mir, was für ein harter Kerl du bist!“

Leon hält verwirrt inne. „Warum willst du unbedingt erreichen, dass ich dich verprügele?“

Ich starre ihn verbissen an und Tränen laufen über meine Wangen. „Weil ein Schlag von dir mich töten könnte.“

Leon verstummt. Plötzlich lockert sich sein Griff um meinen Hals.

Ich lasse meinen Kopf zur Seite fallen. „Wenn du es sowieso tun wirst, dann tu es bitte gleich“, flüsterte ich. „Aber erspar mir wenigstens die Hölle, durch die die anderen mich schleifen werden.“

Ich fühle mich erschöpft und kraftlos. Matt und unfähig, mich zu bewegen, liege ich einfach da und warte auf das Unausweichliche. Meine Tränen fallen auf den

Boden.

Ich wehre mich nicht, als Leon meinen Körper anhebt und ein wenig dreht, und sich dann neben mir ausstreckt. Ich warte darauf, dass er beginnt, mich auszuziehen, um mich zu vergewaltigen.

Er bettet meinen Kopf auf seinem Bizeps, legt seinen Arm um mich und zieht mich dicht an seinen Körper. Groß, hart und warm spüre ich ihn dicht hinter mir.

„Das werde ich dir nicht antun", flüstert er leise in mein Ohr.

Er hält mich an sich gepresst, so dass ich mich kaum bewegen kann. Sein Arm drückt gegen meine Brüste, und er schiebt sein Bein zwischen meine Oberschenkel. Beschützend, aber auch besitzergreifend.

Vielleicht wird er mich nicht umbringen, aber er lässt keinen Zweifel daran, dass er mich als sein Eigentum ansieht.

Ich bin so erschöpft, dass sogar die Angst langsam von mir abfällt, bis ich keine mehr verspüre. Bis vor ein paar Minuten bin ich so verzweifelt gewesen, bereit, ihn bis aufs Blut zu reizen, bereit, zu sterben … bereit, mich von ihm totschlagen zu lassen, nur um dieser Hölle zu entkommen.

Jetzt liegt er warm und beschützend hinter mir, sein mächtiger Körper unnachgiebig, aber auch tröstend an mich gedrückt. Langsam lässt das Adrenalin in meinen Adern nach, ich werde von Schwäche und Erschöpfung überwältigt. Mein Körper entspannt sich, akzeptiert die Wärme und den Schutz, den Leon mir anbietet, wenn auch nur in diesem Augenblick.

Ich werde weich in seinen Armen, schmiege mich in seinen Griff und an seinen Körper.

Plötzlich spüre ich, wie etwas Hartes gegen meinen Po drückt. Seine Erregung lässt mich erneut erstarren. Wird er seine Meinung doch ändern und über mich herfallen?

Ich warte, angespannt und ohne zu atmen. Doch Leon rührt sich nicht, macht keine Anstalten, sich mir aufzudrängen. Ich fühle, dass sein Atem angestrengt ist, doch seine Hände liegen ruhig neben meinem Körper, versuchen nicht, mir die Kleidung vom Leib zu zerren.

Ich lausche ins Halbdunkel. Die anderen Gefangenen haben sich wieder schlafen gelegt, ich höre nur noch vereinzeltes Schnarchen.

Irgendwann wird auch Leons Atmung ruhiger. Seine harte Erektion presst sich nach wie vor gegen meinen Körper, doch er scheint sich nicht nehmen zu wollen, wonach er offensichtlich verlangt.

Zumindest nicht heute Nacht.

Von der Erschöpfung übermannt, falle ich in einen bleiernen Schlaf.

Kapitel 9

Am nächsten Morgen erwache ich und fühle Leons schweren Körper auf mir. Wir sind beide noch angezogen, er hat mich nicht angerührt.

Ich bewege mich und er erwacht sofort.

„Alles in Ordnung?“, murmelt er und blickt sich um, so als ob er einen Angriff erwartet.

„Mein Fuß ist taub“, sage ich und versuche, mich unter ihm herauszuwinden. „Dein Bein ist zu schwer.“

Leon zieht sein Bein von meinem Körper und lässt zu, dass ich mich aufrichte. Ich reibe meinen Fuß, bis das Gefühl langsam wieder zurückkommt wie tausend kleine Nadelstiche.

Die anderen Gefangenen sind noch nicht aufgewacht. Ich verknote die zerrissene Bluse vor meiner Brust, jetzt ist zwar mein Bauch frei, aber wenigstens ist der BH verhüllt. Besser so, als vor einem Dutzend notgeiler Gefangener in Spitzenunterwäsche herumzulaufen.

Es dauert nicht lang, bis ein Aufseher die Tür aufreißt und in den Raum brüllt, dass wir uns an die Arbeit machen sollen.

Ich halte die Augen gesenkt und bleibe in Leons Nähe, während wir von den Aufsehern nach oben gebracht werden. Ich spüre die neugierigen Blicke der anderen auf mir. Ob sie denken, dass Leon mich gestern Nacht vergewaltigt hat? Vielleicht hoffen sie ja, bald selbst zum Zug zu kommen, wenn Leon einmal genug von mir hat – oder wenn es einem von ihnen gelingt, Leon zu überwältigen.

Ich wage einen vorsichtigen Blick und suche die beiden Männer, die mich gestern Nacht angegriffen haben. Ich sehe nur einen von ihnen, er ist ziemlich übel zugerichtet, seine Nase scheint gebrochen zu sein, seine Augen sind verquollen und seine Lippe geschwollen und aufgeplatzt. Er ist nicht gerade ein schmächtiger Kerl und ich erinnere mich mit Schaudern an die Bärenkräfte, die er entwickelt hat, als er mich gestern zu Boden gedrückt hat.

Wie stark muss Leon sein, wenn er einen solchen Mann derart zusammenschlagen kann?

Ich höre, wie Leon dicht hinter mir die Treppe hinaufsteigt. Habe ich denn gestern Nacht völlig den Verstand verloren, einen so gefährlichen Mann bis aufs Blut zu reizen? Was, wenn er wirklich auf meine herausfordernden Worte eingestiegen wäre?

Mir läuft es bei dem Gedanken eiskalt den Rücken hinunter. Hätte er wirklich auf mich eingeprügelt, dann wäre das kein schneller Tod gewesen. Es hätte verdammt weh getan, und ich hätte nichts tun können, um ihn aufzuhalten.

Und wenn er sich entschieden hätte, mich zu bestrafen, indem er über mich hergefallen wäre? Er wollte mich, das habe ich deutlich gespürt – er hätte mich brutal zwingen können, hätte ein für allemal klarstellen können, dass er mich besitzt. Er hätte mir dabei so wehtun können, dass ich ihn wirklich angefleht hätte, mich zu töten.

Ich reiße mich zusammen. Wir steigen aus dem Keller hinauf in die Lagerhalle und das Tageslicht schimmert durch die hohen Fenster. Ich genieße für einen kurzen Moment die Sonnenstrahlen auf meinem Gesicht, bevor mich ein Aufseher zu den Arbeitstischen hinüberstößt. Gerade wird eine neue Lieferung von den LKWs vor der Halle abgeladen, die ersten Kisten stehen schon neben den Tischen.

Jetzt, im Licht des Tages, schöpfe ich neuen Mut. Ohne die Dunkelheit in dem grauenhaften, schmutzigen Kellerverlies, ohne die Bedrängung durch die anderen Gefangenen, erscheint mir meine Situation nicht mehr so hoffnungslos, dass ich freiwillig den Tod wähle.

Während ich mich daran mache, die erste Kiste aufzustemmen, beschließe ich, dass ich kämpfen werde. Ich werde nicht aufgeben, und ich werde Leons Zorn nie wieder herausfordern. Es wird mir irgendwie gelingen, zu fliehen. Ich muss es ganz einfach schaffen.

Ich verdränge den Gedanken an das, was die anderen Gefangenen mir antun könnten, und konzentriere mich stattdessen auf die Umgebung, so, wie ich es mir vorgenommen hatte. Unauffällig lasse ich meinen Blick durch die Halle schweifen.

Die eine Hälfte der Gefangenen arbeitet wie ich an dem langen Tisch, stemmt Kisten auf und packt Waffen um. Die andere Hälfte ist damit beschäftigt, neue Kisten ins Lager hinein- und die umgepackten Kisten aus dem Lager hinauszubefördern. J.T. und sein Bruder stehen mit mir am Tisch, ich sehe Leon, der Kisten auf einen Handstapler verlädt, und ich kann einen Blick durch die Hintertür der Halle erhaschen. Dort steht ein LKW, den Brock und seine tätowierten Freunde gerade beladen. Sie scheinen sich immer wieder mit den Wachen anzulegen, denn ich höre die Aufseher schimpfen.

Die Halle ist langgezogen und schmal. Im hinteren Bereich, wo wir arbeiten, gibt es nichts außer den Arbeitstischen und den Kisten. Im vorderen Bereich liegt der Abgang zum Keller, und dort stehen auch ein paar Geländewagen. Die vorderen Türen der Halle sind geschlossen und überall stehen Aufseher in schwarzen Overalls mit Maschinenpistolen herum.

Ich sehe den anderen Angreifer von gestern Nacht nirgends, den Mann, dessen Kopf Leon gegen den Boden geschmettert hat. Vielleicht liegt er noch unten in der Zelle. Ich hoffe, das Schwein hat die schrecklichsten Kopfschmerzen, die es gibt.

Die Halle hat nur zwei Ausgänge: Den Hauptausgang vorn, der verschlossen ist, und den Hinterausgang, wo die Gefangenen die Kisten verladen. Heute zähle ich sieben bewaffnete Aufseher. Einige kommen und gehen, plaudern miteinander, aber sie behalten uns die ganze Zeit über im Auge. Ich bin sicher, dass sie keinen Moment zögern würden, uns abzuknallen.

Irgendwann haben sie das wahrscheinlich sowieso vor.

Wie lange werden sie uns behalten? Seit wann läuft dieses Waffenschmuggler-Geschäft schon? Mir wird flau im Magen bei dem Gedanken, wie viele Vermisste möglicherweise hier schon ihr Ende gefunden haben.

Es gibt keine andere Möglichkeit, ich muss fliehen, und zwar so schnell wie möglich. Ich presse die Lippen zusammen, meine Entschlossenheit gibt mir Kraft. Ich muss flüchten, so lange ich noch laufen kann und einigermaßen bei Kräften bin. Solange die Männer noch nicht über mich hergefallen sind und meinen Körper gebrochen haben. Ich dränge den schrecklichen Gedanken zurück und fasse einen eisernen Entschluss.

Ich werde fliehen, oder bei dem Versuch umkommen. Das ist besser, als in dem scheußlichen Kellerverlies vergewaltigt und totgeprügelt zu werden.

Ich werde es riskieren, ganz egal, wie gering meine Chancen stehen. Lieber ein paar Kugeln im Körper als die Schwänze dieser Kerle.

Ich hoffe, noch einmal zur Arbeit mit dem Handstapler eingeteilt zu werden, um irgendwie nach draußen zu gelangen. Wenn ich weglaufen will, dann wird mir das nur gelingen, während ich einen LKW be- oder entlade. Einfach aus der Halle zu rennen wäre glatter Selbstmord.

Es wird Mittag und alle Kisten sind fertig umgepackt. Zu meiner Enttäuschung habe ich keine Gelegenheit gehabt, einen Handstapler zu ergattern. Die Kisten sind verladen und die LKWs abgefahren, die Halle ist leer.

„Nächste Lieferung heute Abend", ruft einer der Aufseher. „Los, zurück in die Zelle!"

Leon und ein anderer Gefangener bringen die Handstapler zurück in die Halle, wir anderen werden von den Wachen zusammengetrieben und wieder im Keller eingesperrt. Weil ich das helle Tageslicht oben in der Halle gewöhnt bin, wirkt der unterirische Raum jetzt noch dunkler und beängstigender. Die Tür wird hinter uns zugeschlagen und verriegelt.

Jetzt fällt mein Blick auf den Mann, der mich gestern

angegriffen hat und dessen Schädel von Leon zu Brei geschlagen wurde. Er liegt in einer Ecke, hält sich den Kopf und stöhnt leise. Ich bin mir nicht sicher, aber ich glaube, Blutflecken neben seinem Kopf auf dem Boden zu sehen.

Grimmig hoffe ich, dass ihm sein verdammter Kopf noch sehr lange wehtun wird.

Ich bin aufgeregt. Wenn die Aufseher die Wahrheit gesagt haben und heute Abend wirklich noch eine Waffenlieferung kommt, dann wäre das die perfekte Gelegenheit zur Flucht. Ich muss es irgendwie schaffen, draußen bei den LKWs zu arbeiten – dann kann ich vielleicht unbemerkt in die Nacht verschwinden. Ich habe zwar keine Ahnung, wo wir sind oder in welche Richtung ich laufen muss, aber das ist egal. Die Hauptsache ist, hier irgendwie rauszukommen, um den Rest werde ich mir später Sorgen machen. Denn eine weitere Nacht hier im Verlies werde ich nicht durchstehen.

Heute Abend, wenn die neue Lieferung kommt, werde ich fliehen. Mein Herz schlägt heftig und kalte Entschlossenheit jagt durch meine Adern.

Ich bin so in meine Fluchtgedanken vertieft, dass ich Brock erst bemerke, als er schon direkt vor mir steht. Ich pralle zurück, senke den Kopf und will an ihm vorbeigehen, doch der grobschlächtige Mann versperrt mir den Weg. Rechts und links bauen sich seine beiden tätowierten Freunde auf.

„Wie wär's mit ein bisschen Entspannung in der Mittagspause?“ Ein schmieriges Grinsen erscheint auf Brocks Gesicht, das durch seine Narbe zu einer Fratze verzerrt wird. Dabei lässt er seinen Blick gierig über meinen Körper gleiten. „So ein zuckersüßes Mädchen, viel zu schade, um nur einem Einzigen zu gehören. Du kannst uns allen Freude bereiten, Schätzchen.“ Er macht einen Schritt auf mich zu, ich weiche zurück.

Seine beiden Freunde packen mich an den Armen und halten mich fest. Ich wehre mich gegen ihren Griff, aber sie sind viel stärker als ich.

„Lasst mich los! Lasst mich sofort los!"

Brock tritt mit diesem schmierigen Grinsen im Gesicht dicht an mich heran. Auch die anderen Gefangenen werden jetzt auf uns aufmerksam. Sie starren zu uns herüber, einige von ihnen bekommen glänzende Augen.

Sie wissen, was Brock mit mir vorhat. Wahrscheinlich kriegen sie schon bei dem Gedanken daran einen Steifen. Mein Magen krampft sich zusammen bei der Vorstellung, dass sich Brock hier vor allen an mir vergehen wird, während die anderen sich einen runterholen.

Ich recke das Kinn und nehme meinen Mut zusammen. Dann spucke ich Brock ins Gesicht.

Plötzlich wird es sehr still im Verlies. Brock reagiert zuerst überhaupt nicht, nur sein Grinsen verblasst. Ganz langsam wischt er sich die Spucke von der Wange.

Dann holt er plötzlich aus und schlägt mich. Hart, mitten ins Gesicht. Einen Moment lang denke ich, mein Schädel explodiert.

Keuchend hänge ich im unbarmherzigen Griff der beiden tätowierten Männer, zwinge mich, auf den Beinen zu bleiben. Mein ganzer Kopf dröhnt, die linke Gesichtshälfte, wo Brocks Faust mich getroffen hat, pocht heiß vor Schmerz. Hat er mir den Wangenknochen gebrochen? Ich schmecke Blut, es läuft mir aus dem Mund und ich spucke es auf den Boden. Alles ist verschwommen, es dauert einige Augenblicke, bis ich wieder klar sehen kann.

„Auf die Knie mit der Schlampe." Brocks Stimme klingt bösartig, er ist heiser vor Wut und Erregung. Die beiden Männer drücken mich brutal zu Boden, ich schlage mir die Knie auf den Steinen auf. Noch immer halten sie meine Arme fest, ich fürchte, sie renken mir die Schultern aus. In meinem Kopf dreht sich alles.

Brock lässt die Hose runter und hält mir seinen erregten Schwanz vors Gesicht.

„Jetzt wirst du dich schön dafür entschuldigen, dass du

mich angespuckt hast. Und sorg besser dafür, dass ich dir die Entschuldigung wirklich abkaufe!“

Er will, dass ich ihm hier vor allen einen blase? Ich sehe, wie die anderen Männer die Köpfe recken, um ja nichts zu verpassen, und fange an, zu würgen. Die beiden Tätowierten drängen mich Brock entgegen. Ich habe keine Chance, auszuweichen, jede kleinste Bewegung würde mir die Schultern ausrenken.

Ich hebe den Blick und blitze Brock wütend an. Viel habe ich nicht mehr zu verlieren, und ich werde diesem Bastard nicht die Genugtuung geben, klein beizugeben.

„Du hängst nicht besonders an deinem Ding, was?“ Ich lache und entblöße meine Zähne. Es ist ein Akt reinster Verzweiflung, aber Brock nimmt mir die Drohung ab. Hastig tritt er einen Schritt zurück.

„Hoch mit ihr!“, ruft er, die beiden Männer ziehen mich wieder auf die Beine, und Brock zerrt mir grob die Jeans herunter. „Ich werde dich so durchficken, dass du mich das nächste Mal darum anflehen wirst, meinen Schwanz lutschen zu dürfen! Haltet sie fest!“ Er zieht mir die Jeans von den Beinen, ich stehe nur noch im Slip vor ihm.

Ich schreie, beiße und trete nach ihm, jetzt ist der Schmerz in meinem Kopf vergessen und es ist mir egal, ob sie mir die Schultern ausrenken – ich ertrage Brocks Nähe nicht, ich will dieses Schwein nicht in mir spüren, aber ich kann nichts tun, gar nichts, die Männer sind viel zu stark und Brock ist so dicht bei mir, greift nach meinem Slip …

Plötzlich höre ich, wie die Tür zur Zelle aufgeschlossen wird und einen Augenblick später wird Brock von mir fortgerissen. Leon hat sich auf ihn gestürzt, rasend vor Wut. Hinter mir rufen die Aufseher wild durcheinander, doch Leon reagiert nicht auf sie. Er schlägt wie besessen auf Brock ein.

Die beiden Tätowierten lassen mich los und kommen ihrem Boss zu Hilfe. Ich stolpere rückwärts, fort von den kämpfenden Männern, denn Leon ist wieder auf den

Beinen und wirbelt herum, ehe die beiden Angreifer ihn erreichen.

Jetzt begreife ich, warum Brock und seine Kumpane die anderen Gefangenen so einschüchtern konnten. Alle drei sind wirklich gute Kämpfer, im Vergleich zu ihnen erscheint der Angriff der beiden Männer gestern wie Kinderkram. Die beiden Tätowierten beherrschen irgendeine Art von Kampfsport, sie stürzen sich mit fliegenden Fäusten auf Leon und teilen gezielte Tritte aus.

Jetzt kommt auch Brock wieder auf die Beine. Ich schreie erschrocken auf, will Leon warnen, doch der hat die Gefahr längst erkannt. Er weicht den Angriffen der Kämpfer aus, pariert sie und streckt einen nach dem anderen nieder.

Ich habe noch nie jemanden so schnell und gnadenlos kämpfen gesehen wie Leon. Ich hätte mir niemals vorstellen können, dass ein einzelner Mann so gefährlich sein kann.

Nachdem Leon die beiden Tätowierten kampfunfähig geschlagen hat, wendet er sich wutschnaubend an Brock. Der scheint ebenfalls fuchsteufelswild zu sein, ich halte den Atem an, als die beiden Männer aufeinander zustürzen und wie zwei Panzer gegeneinander prallen.

Brock ist ein verdammt guter Kämpfer, aber Leon ist besser. Er steckt ein paar von Brocks brutalen Schlägen ein, teilt aber umso mehr aus. Schließlich erwischt er Brock an den Rippen und der Bastard geht zu Boden. Leon stürzt sich auf ihn und ein heftiger Bodenkampf beginnt. Die beiden Männer ringen auf Leben und Tod. Leons massiver Arm ist von hinten um Brocks Hals geschlungen, er hält Brocks Kopf in einem unbarmherzigen Griff, während der wie von Sinnen gegen Leon ankämpft. Doch Leon ist unerbittlich, er hält Brocks Hals wie in einem Schraubstock und drückt zu. Ich sehe Leons mächtige Armmuskeln, die sich wie Stahl um Brocks breiten Nacken schließen und ihm die Luft abdrücken.

Brocks Gegenwehr wird schwächer, er beginnt zu

röcheln und läuft rot an. Leon gibt nicht nach, er hält Brocks Hals weiterhin fest umklammert. Der Todeskampf dauert mehrere Minuten, die mir wie eine Ewigkeit erscheinen.

Als Brocks Körper schließlich in Leons Armen erschlafft, lässt Leon ihn auf den Boden rollen und schiebt ihn mit dem Fuß beiseite, während er aufsteht.

Mit glühendem Blick, wie ein lebendiger Rachegott, kommt er auf mich zu und packt besitzergreifend meinen Arm. Ich habe noch nie größere Angst vor ihm gehabt als in diesem Moment. Er ist eine Kampfmaschine, erbarmungslos und tödlich, und als er sich vor Zorn glühend in die Runde wendet, weichen die anderen Männer vor ihm zurück.

Seine Stimme schneidet messerscharf durch den Raum. „Ich bin der Einzige, der sie fickt, habt ihr das endlich kapiert?"

Ich zucke bei seinen Worten so stark zusammen, dass ich beinahe zu Boden knicke.

Plötzlich ertönt ein Schuss hinter uns. Ich erstarre, Leon wirbelt herum und zieht mich hinter sich. Die anderen Gefangenen verstummen.

Die Aufseher stehen noch immer an der Tür und haben alles mitangesehen. Keiner von ihnen ist dazwischen gegangen, um die Kämpfenden zu trennen oder Brock zu retten, jetzt scheint es ihnen aber zu bunt geworden zu sein. Derjenige, der den Warnschuss abgegeben hat, lässt die Waffe sinken. Er ist der Anführer der Wachen, ich glaube, sein Name ist Carlos.

„Genug jetzt! Das reicht." Er gibt seinen Kollegen einen Wink und deutet auf Brocks Leiche. „Nehmt ihn mit."

Die Männer schleppen Brocks Körper aus der Zelle. Ich wage nicht, mich zu bewegen, und warte voller Angst, was sie mit uns tun werden.

Carlos tritt an Leon heran. Leon begegnet seinem Blick mit kühler Gleichgültigkeit und hält ihm stand. Zu meinem

Erstaunen beginnt der Aufseher, zu grinsen.

„Dieser Brock war uns schon lange lästig. Du hast uns einen Gefallen getan.“

Leon erwidert nichts. Der Aufseher lässt seinen Blick über mich schweifen. Mir wird bewusst, dass meine Bluse nur noch in Fetzen von meinem Körper hängt und dass ich praktisch in BH und Slip vor den Männern stehe. Ich zittere am ganzen Körper, aber ich kann nichts dagegen tun.

Carlos‘ Blick dreht mir den Magen um. Ich weiß genau, was er denkt. Dann wendet er sich mit einem widerlichen Lächeln an Leon.

„Du hast dir eine Belohnung verdient, dafür dass du Brock erledigt hast. Wie wär’s, wenn wir dich die Kleine endlich so richtig durchvögeln lassen, ganz ungestört?“

Mit einem schmierigen Grinsen tritt der Aufseher zur Seite und deutet Leon, aus der Zelle zu gehen. Leon packt mich, sein Griff ist unbarmherzig hart, er zieht mich mit sich. Ich wage nicht, mich zu wehren, so sehr hat mich der Kampf zwischen ihm und den Männern verängstigt.

Leon hat die beiden Tätowierten ausgeschaltet, dann hat er Brock umgebracht. Mit bloßen Händen.

Und ich habe gestern versucht, den Zorn dieses Mannes zu wecken? Wahrscheinlich bin ich geistig unzurechnungsfähig. Jetzt weiß ich, dass ich nie, niemals wieder, Leons Wut auf mich ziehen will. Nicht nachdem, was ich gerade gesehen habe.

Ich würde am liebsten davonlaufen, so schnell und so weit weg von ihm wie möglich. Doch er zerrt mich mit sich, sein riesiger Körper ist noch angespannt von dem Kampf. Er strahlt die tödliche Gefahr in fast greifbaren Wellen aus. Alles, was ich will, ist, mich vor ihm zu verstecken, damit er seinen Zorn an irgendjemand anderem auslassen kann als an mir.

Carlos bringt uns in einen kleineren Raum nebenan, in dem ein paar Regale und ein Feldbett stehen. Die Kammer hat keine Fenster und nur zwei Türen. Er vergewissert sich, dass die Tür auf der anderen Seite des Raums versperrt ist, dann wirft er Leon einen widerlichen Blick zu. „Viel Spaß. Bring die Schlampe zum Schreien.“ Damit zieht er sich zurück und schließt uns ein.

Ich stehe allein mit Leon in der Kammer und kann kaum atmen. Mein Herz hämmert wie verrückt.

Kapitel 10

Obwohl es sinnlos ist, laufe ich zur Tür auf der anderen Seite des Raums und zerre am Türknopf. Sie geht nicht auf, ich zerre trotzdem weiter, die Verzweiflung gibt mir Kraft.

Mein Atem geht schnell und keuchend. Ich drehe mich hastig um, um mein Glück am anderen Ausgang zu versuchen, und erstarre.

Leon steht direkt vor mir.

Ich drücke mich mit dem Rücken gegen die Tür und wage nicht, ihm in die Augen zu sehen. Wie gelähmt stehe ich da, mein Verstand ist völlig blank.

Leon hebt die Hand zu meinem Gesicht und ich zucke zusammen. Wird er mich schlagen, wie Brock es getan hat? Ich schließe die Augen, wünsche mir verzweifelt, vor ihm zu fliehen, doch es gibt keinen Ausweg. Ich bin ihm ausgeliefert, er wird mich verprügeln und dann mit mir tun, was immer ihm beliebt.

Seine Finger streichen über meine linke Wange. Ich zucke wieder zusammen, diesmal überrascht von der Sanftheit seiner Berührung.

„Hat Brock das getan?"

Kein Schlag von Leon? Ich blinzele verwirrt, dann nicke ich zögernd.

Leons Finger folgen meinem Wangenknochen und streichen meine Kieferlinie entlang, bis hinunter zu meiner aufgeplatzten Lippe. Er fasst unter mein Kinn und hebt meinen Kopf an, damit er meine Verletzungen besser untersuchen kann.

Als ich ihn ansehe, erschrecke ich. Sein Blick ist wild und zornerfüllt, so wie er während des Kampfes war. Ist er kurz davor, zu explodieren? Ich kann nicht verhindern, dass sich meine Augen vor Angst mit Tränen füllen.

„Bitte …“, flüstere ich leise.

„Bitte was?“, fragt er rau. Er lässt mein Kinn nicht los, so dass ich den Kopf nicht abwenden kann.

Die Hitze, die von ihm ausgeht, ist überwältigend. Ich stehe nur mit meiner Unterwäsche bekleidet vor ihm und fühle mich nackt und ausgeliefert, drücke mich gegen die Tür, nur um seinem mächtigen Körper auszuweichen.

„Bitte … tu es nicht.“ Tränen laufen über meine Wangen.

Leon erwidert nichts. Er packt mich an der Schulter und zieht mich durch den Raum. Ich stolpere, als ich begreife, dass er mich zum Feldbett führt, und stemme meine Füße in den Boden.

„Nein“, stotterte ich. „Bitte nicht! Bitte …“

Doch es hat keinen Sinn. Leon schleift mich mühelos mit sich, meine Gegenwehr nützt gar nichts. Er reißt die Decke vom Bett und zwingt mich, mich auf die Matratze zu setzen.

„Bitte“, flehe ich noch einmal, am ganzen Körper zitternd. Dieser Mann hat soeben einen anderen Menschen, einen riesigen Kerl, mit bloßen Händen getötet. Wenn er jetzt über mich herfällt, was wird er mir antun?

Ich habe nicht mehr die Kraft, Leon anzusehen. Ich starre auf meine bebenden Hände, die in meinem Schoß ineinander verkrampft sind, hocke zusammengekauert auf der Matratze und warte darauf, dass er sich auf mich wirft.

Leon macht eine plötzliche, ausladende Bewegung mit seinem Arm, ich zucke wimmernd zusammen, in Erwartung eines Schlags. Doch stattdessen fühle ich, wie sich etwas Weiches auf meinen Rücken legt.

Leon zieht die Decke um meine Schultern und setzt sich neben mich aufs Bett. Verwirrt greife ich nach den Rändern der Decke und ziehe sie vor meiner Brust zusammen.

„Besser?“, fragt er mit ruhiger Stimme.

Zögernd nicke ich. Besser? Glaubt er etwa, über mich herzufallen wäre weniger schlimm, wenn er mich vorher zudeckt?

Er lässt seinen Blick durch den spartanisch eingerichteten Raum schweifen und seufzt. „Es tut mir leid, aber ich habe nichts anderes, was ich Ihnen anbieten könnte."

Ihnen? Warum siezt er mich plötzlich wieder?

Sein Blick fällt auf meine aufgeschundenen Knie und verdüsterte sich. „Wie ist das passiert?"

Ich schlucke und räuspere mich. Ich brauche mehrere Versuche, bis meine Stimme mir gehorcht. „Brock hat mich vor ihm auf die Knie gezwungen. Er wollte, dass ich mich bei ihm … *entschuldige*."

Leon runzelte die Stirn. „Bei ihm entschuldigen? Wofür?"

„Ich habe ihm ins Gesicht gespuckt."

Der Schatten eines Lächelns huscht über Leons Lippen, doch er wird sofort wieder ernst, als er begreift, wozu Brock mich danach gezwungen hat. Seine Hand ballt sich zu einer Faust.

„Das tut mir leid", sagt er leise.

Ich schüttele leicht den Kopf. „Ich hab's nicht getan. Ich habe ihm gesagt, wenn er mich dazu zwingt, dann beiße ich ihm sein Ding ab. Da hat er sich's anders überlegt."

Jetzt kräuseln sich Leons Mundwinkel wirklich nach oben, während er mich ungläubig betrachtet. „Das haben Sie gesagt?"

Ich nicke. Weniger zaghaft und ein bisschen stolz.

„Sie haben meine Hilfe gar nicht gebraucht."

Ich kann nicht glauben, welchen Unterschied es macht, wenn Leon lächelt. Er ist ohne Frage attraktiv, doch sein strenger, zornerfüllter Gesichtsausdruck, den er sonst immer zur Schau trägt, lässt ihn bedrohlich und grausam aussehen. Wenn er lächelt, strahlt ein ganz anderer Mann unter der Maske hervor.

„Doch", flüsterte ich und senke wieder den Blick. Meine Stimme klingt belegt. „Sie sind im allerletzten

Moment gekommen."

„Als ich in der Lagerhalle gesehen habe, dass die Aufseher Sie weggebracht haben, habe ich mich beeilt, Ihnen so schnell wie möglich zu folgen. Ich bin froh, dass ich nicht zu spät gekommen bin."

Die Sorge in seiner Stimme überrascht mich so sehr, dass ich den Kopf hebe.

„Was haben Sie jetzt vor?", frage ich unsicher.

„Was meinen Sie?"

„Hier … mit mir. Was haben Sie hier mit mir vor?" Meine Stimme zittert.

„Sie schlagen und mehrfach vergewaltigen."

Ich erstarre. Auf seinem Gesicht erscheint ein grimmiger Ausdruck.

„Zumindest müssen wir die Aufseher und die anderen Gefangenen das glauben machen", fügt er hinzu.

„Ich verstehe nicht …", flüstere ich heiser. „Wenn das irgendein kranker Scherz ist, wenn Sie … dann tun Sie lieber gleich, was auch immer Sie tun wollen …"

Er legt seine Hand auf meine zitternden Finger und umschließt sie fest. „Sehen Sie mich an, Katie."

Ich kämpfe einen neuen Tränenschwall zurück und hebe trotzig das Kinn. Ich will ihm nicht die Genugtuung geben, mich schon wieder heulen zu sehen.

„Ich werde Ihnen nichts antun." Seine Stimme klingt ruhig und eindringlich.

Ich verstehe gar nichts mehr. „Aber Sie haben gedroht …" Ich schlucke verkrampft.

Er strafft die Schultern. „Ich habe noch nie eine Frau geschlagen. Und der Tag, an dem ich mich einer wehrlosen Frau gewaltsam aufdränge, wird niemals kommen."

„Aber …?"

„Es ist wichtig, dass die anderen weiterhin glauben, dass ich Sie misshandle."

Ich schaue ihn mit großen Augen an. „Warum?"

Er schnauft verächtlich. „Weil das die einzige Möglichkeit ist, aus der Sache lebend rauszukommen." Als ich immer noch nicht begreife, fügt er hinzu: „Wissen Sie, wie Sie in einer Grube voller Hyänen überleben? Indem Sie der einzige Löwe werden."

Langsam begreife ich. Meine Kinnlade klappt auf. „Dann war das alles … nur gespielt?"

Er nickt.

Ungläubig starre ich ihn an. „All das ‚Ich-gehöre-Ihnen,-Sie-werden-mit-mir-machen-was-Sie-wollen', all das barbarische Verhalten … alles nur gespielt?", frage ich vorsichtig.

Er nickt wieder.

Fassungslos schüttle ich den Kopf. Dann beginnt Wut in mir hochzusteigen. „Sie *Dreckskerl!* Hätten Sie mir das nicht früher sagen können? Ich hatte eine Scheißangst vor Ihnen!" Ich hole aus, um ihn auf die Brust zu schlagen, doch meine Hand kommt nicht einmal in die Nähe seines Körpers. Mit Reflexen, die schneller sind, als ich sie wahrnehmen kann, greift er mein Handgelenk und dreht meinen Arm zur Seite.

Ich funkle ihn wütend an.

„Es tut mir leid, Katie. Aber damit die ganze Sache funktioniert, ist es wichtig, dass Ihre Angst vor mir glaubwürdig ist. Ich muss die anderen dazu bringen, sich vor mir in Acht zu nehmen."

„Haben Sie mir deshalb nie tatsächlich wehgetan? Sie haben mich eingeschüchtert und mir Angst gemacht, aber Sie haben mich nie verletzt." Ich senke meine Stimme. „Ich habe mich schon gefragt, wie lange es dauern wird, bis Sie zu mir ebenso brutal sein würden, wie zu den Männern, gegen die Sie gekämpft haben."

„Ich hätte Sie niemals angerührt", sagt er leise. Dann gibt er mein Handgelenk frei. „Ich wollte schon früher mit Ihnen reden, Ihnen alles erklären, aber ich konnte das Risiko nicht eingehen, belauscht zu werden. Das hier …" Er deutet auf die Kammer. „… ist ein Glücksfall." Dann runzelt er plötzlich die Stirn. „Wir sind schon zu lange hier drin. Sie müssen schreien."

„Wie bitte?"

„Die Aufseher am Gang erwarten, dass ich Ihnen schreckliche Dinge antue. Schreien Sie."

Ich blinzele unsicher. „Äh … okay." Und ich schreie. Laut, schrill, und verzweifelt. Es fällt mir nicht schwer, weil ich so die aufgestauten Ängste rauslassen kann.

„Halt's Maul!" Leons Faust donnert gegen das Regal, das neben dem Bett steht. Sein Zorn ist so überzeugend, dass ich erschrocken zusammenzucke.

„Wir müssen einen Fluchtweg finden", fährt er mit ruhiger Stimme fort, als wäre nichts gewesen. Es ist beängstigend, als hätte er einen Schalter umgelegt. „Ich habe einen Plan."

„Ich wollte heute Abend einen Fluchtversuch wagen", sage ich verwirrt. „Wenn die zweite Lieferung kommt."

Er nickt. „Das ist eine gute Idee. Wir müssen es in der Nacht tun, tagsüber haben wir keine Chance."

„Wie lautet Ihr Plan?"

„Die Wachen überwältigen und uns aus dem Keller schleichen. Dann schnappen wir uns einen Geländewagen und hauen ab."

„Sie wollen …?" Ich starre ihn mit großen Augen an.

„Wie lautet denn Ihr Plan?", fragt er stirnrunzelnd.

Ich beiße mir verlegen auf die Lippe. „Ich, äh, weiß nicht. Davonlaufen, so schnell wie möglich?"

Er zieht ungläubig die Augenbrauen nach oben.

„Ich bin eben nicht so ein …" Mir fehlen die Worte und ich deute auf seinen massiven Körper. „… Muskelprotz wie Sie. Ich kann niemanden ausschalten, schon gar kein halbes Dutzend Männer mit Schusswaffen."

„Dann werde ich das übernehmen, wenn Sie einverstanden sind."

Neugierig schaue ich ihn an. „Wo haben Sie das alles gelernt?"

„Was denn?"

„Na, wie man am besten aus einem Arbeitslager

mexikanischer Waffenhändler flieht. Und so zu kämpfen. Ich habe noch nie jemanden so kämpfen gesehen wie Sie."

„Glauben Sie mir, wenn ich Ihnen sage: Ich gucke eine Menge Actionfilme?"

Ich pruste. „Kein Wort."

Auch er lächelt. Es ist der erste Moment seit unserer Ankunft in dem Lager, in dem ich mich bei ihm sicher fühle.

„Es wird wieder Zeit", sagt er. „Schreien Sie."

„Was? Oh, richtig." Ein gellender Schrei, ein wimmerndes Flehen.

„Du kannst betteln, so viel du willst, das nützt dir gar nichts, du Schlampe!" Leon ist wirklich ein guter Schauspieler. Seine zornige Stimme klingt so überzeugend, dass ich innerlich Furcht spüre, obwohl ich weiß, dass alles nur gespielt ist.

Er greift nach dem Rahmen des Feldbetts und schiebt ihn hin und her, so dass er ein quietschendes Geräusch erzeugt. Für die Aufseher muss es sich so anhören, als würde er mich auf dem Bett ficken.

Ich senke verlegen den Blick und warte, bis er fertig ist. Obwohl wir uns nicht berühren und ich weiß, dass er mich durch diese Aktion nur schützen will, fühle ich mich nackt und verwundbar.

Als er schließlich aufhört, starre ich weiterhin unsicher auf meine Hände.

„Alles in Ordnung?", fragt er ruhig.

Ich nicke, blicke aber nicht auf.

„Dann ist es also entschieden, wir ziehen die Sache heute durch", sagt er in sachlichem Ton, um mir die Befangenheit zu nehmen.

Bei diesem neutralen Thema traue ich mich wieder, ihn anzusehen. „Wie wollen wir es anstellen?"

„Sobald die Lieferung fertig sortiert und verladen ist, kümmern wir beide uns um die Handstapler. Ich werde dafür sorgen, dass wir schon beim Verladen zusammenarbeiten, so dass wir die Letzen sind, die ins

Verlies zurückgebracht werden."

„Wie wollen Sie dafür sorgen?"

„Ich lasse mir etwas einfallen."

„Und was machen wir, sobald wir ins Verlies zurückgebracht werden?"

„Wir lassen uns auf keinen Fall wieder einschließen. Ich überwältige die Wachen, dann schleichen wir uns nach oben, klauen einen Wagen und verschwinden."

„Sie wollen einen Wagen klauen?"

„Die Schlüssel stecken, ich habe nachgesehen. Sind wahrscheinlich als Fluchtfahrzeuge gedacht, falls die Polizei auftaucht."

Nachdenklich schürze ich die Lippen. Der Plan könnte tatsächlich funktionieren. Jedenfalls ist er vielversprechender als meine Idee, einfach blindlings in die Wüste zu rennen.

„Lassen Sie uns zurückgehen, bevor die Wachen reinkommen und merken, was los ist", sagt er und steht auf.

Ich erhebe mich ebenfalls. Mit einem entschuldigenden Ausdruck nimmt er mir die Decke ab.

„Tut mir leid. Aber es muss echt aussehen."

Ich nicke. „Ich weiß." Dann reibe ich mir die Augen, damit ich noch verheulter aussehe als ohnehin. „Wie ist das?"

„Sehr gut." Er dreht mein Gesicht und begutachtet prüfend meine Wange. „Sie haben da einen ziemlich schlimmen Bluterguss. Geprellt, würde ich sagen, nicht gebrochen. Aber es sieht übel aus."

Ich zucke mit den Schultern und lächele tapfer. „Genau, was wir brauchen, oder?"

Leons Daumen streicht behutsam über die verletzte Stelle. „Wenn dieser Scheißkerl nicht schon tot wäre, würde ich ihn allein dafür noch einmal umbringen."

Wir stehen uns nah gegenüber. Er sollte seine Hand von meiner Wange nehmen, tut es aber nicht. Stattdessen streicht er über meine Haut, seine Finger sanft wie

Schmetterlingsflügel.

Dass dieser Mann, der noch vor einer halben Stunde meinen Peiniger mit bloßen Händen umgebracht hat, zu einer so zärtlichen Berührung fähig ist, verschlägt mir den Atem. Gleichzeitig beginnt mein Herz zu flattern.

Als man uns in diesen Raum gebracht hat, habe ich nichts und niemand auf der Welt mehr gefürchtet als Leon. Ich war mir sicher, dass er mich diesmal vergewaltigen würde, und dass er dabei brutal sein würde, ebenso brutal wie er bei dem Kampf mit Brock gewesen war.

Jetzt hat sich alles verändert. Leon sorgt sich um meine Sicherheit, und er hat einen Plan, der uns beide hier rausholen wird. Zum ersten Mal, seit wir in dieses Arbeitslager gebracht worden sind, schöpfe ich Hoffnung.

Leons Hand gleitet langsam an meiner Wange entlang in meinen Nacken. Seine Finger schlingen sich sanft in meine Haare. Er ist so groß, dass ich zu ihm aufblicken muss, und mit seinen massiven Schultern ist er doppelt so breit wie ich.

Er sieht mich aus seinen schokoladenbraunen Augen an, begehrend, forschend, und als ich meinen Blick nicht abwende, senkt er langsam den Kopf. Behutsam nähern sich seine Lippen den meinen, seine Hand hält sanft meinen Nacken umschlossen, aber ich spüre, dass er mich nicht zwingt. Er überlässt mir die Entscheidung, würde mir gestatten, ihn abzuwehren.

Aber ich will ihn nicht abwehren. Ich warte darauf, dass er seine Lippen auf meine senkt, und als sie sich berühren, schießt ein freudiges Kribbeln durch meinen Körper. Seine Lippen sind so weich und warm, so sanft. Er küsst mich mit viel Zärtlichkeit, so dass meine Knie zu zittern beginnen. Als er spürt, dass ich schwanke, schlingt er seinen Arm um mich und zieht mich an sich. Diese Berührung ist vollkommen anders, verglichen mit der Art, wie er vor den anderen Gefangenen mit mir umgeht. Sie ist sanft und stark zugleich, beschützend und vertrauensvoll. Es fühlt sich so gut an, dass ich mich in seine Arme schmiege, während ich seinen Kuss erwidere.

Er spürt meine Reaktion und lässt seine Zungenspitze vorsichtig über meine Lippen gleiten. Als ich sie für ihn öffne, stößt er sanft mit seiner Zunge in meinen Mund, erforscht ihn zärtlich.

Ich spüre ein Flattern in meinem Bauch, mir wird ganz heiß und meine Knie hören gar nicht mehr auf, zu zittern. Instinktiv umgreife ich seine breiten Schultern, halte mich an ihm fest, während sein Kuss mich alles um uns herum vergessen lässt.

Als er sich sanft von mir löst, halte ich die Augen geschlossen und lehne meine Stirn an seine Brust. Erst als ich den Stoff seines Hemds spüre, fällt mir wieder ein, dass ich fast nackt vor ihm stehe.

„Katie", murmelt er. Seine Stimme klingt rau und rauchig. Ich hebe den Kopf und sehe ihn an.

„Behalt mich so in Erinnerung, wenn wir gleich da hinaus gehen", sagt er leise.

Mein Kopf schwirrt noch von der Intensität seines Kusses, ich verstehe nicht, was er meint.

„Wir müssen ihnen vorspielen, dass ich dich hier drinnen misshandelt und missbraucht habe", sagt er. Dabei umfasst er sanft meine Schultern und sieht mich eindringlich an. „Die Aufseher dürfen keinen Verdacht schöpfen, sonst werden sie misstrauisch und wir verlieren vielleicht unsere einzige Fluchtmöglichkeit. Außerdem dürfen die anderen Gefangenen keine Schwäche wittern." Seine Stimme wird dunkler. „Ich habe gerade den stärksten Mann im Verlies getötet, das dürfte mir genug Respekt verschafft haben, so dass sie dich hoffentlich heute nicht mehr belästigen werden. Und mit etwas Glück sind wir heute Nacht schon über alle Berge."

„Ja", flüstere ich und lasse meine Hände über seine Schultern gleiten, bevor ich sie wegziehe. Es fällt mir schwer, mich von ihm zu lösen.

„Vergiss nicht", sagt er. „Alles, was draußen geschieht, ist nur gespielt. Aber du musst überzeugend sein."

Ich nicke entschlossen. Dann setze ich ein verängstigtes, verzweifeltes Gesicht auf, er packt mich am Oberarm und zieht mich zur Tür, um die Aufseher zu rufen.

Kapitel 11

Ich halte den Blick gesenkt und versuche, wie die geschlagene, misshandelte Frau auszusehen, die die Aufseher erwarten.

Die Wachen, die auf dem Gang zwischen dem Verlies und der Kammer stehen, grinsen schäbig und machen obszöne Bemerkungen auf Spanisch, als wir an ihnen vorbeigehen.

„Die Schlampe ist fertig", knurrt Leon, die Wachen machen zustimmende, anerkennende Laute.

„War sie gut? Vielleicht sollte ich sie mir auch einmal vornehmen." Carlos fasst in mein langes Haar und befühlt es zwischen seinen Fingern. Ich erstarre.

Was, wenn der Mann seine Drohung sofort wahrmachen will?

Leon zuckt mit einem gleichgültigen Gesichtsausdruck die Schultern. „Die Kleine ist am Ende. Hab' sie so durchgefickt, dass sie kaum noch gehen kann. Warte einen Tag, bis sie verheilt ist …" Er wirft dem Aufseher ein ebenso schäbiges Grinsen zu. „… dann wirst du es nicht bereuen."

Carlos verzieht den Mund und lässt meine Haare los. Ich atme innerlich auf und gehe mit gesenktem Kopf weiter.

Als wir die Zelle erreichen, stößt mich Leon grob hinein. Dann dreht er sich nochmal zu dem Aufseher um. „Kann ich etwas Wasser für sie kriegen? Ihr Körper ist schwach, ich will nicht, dass sie krepiert, bevor wir mit ihr durch sind."

Zu meinem Erstaunen lässt Carlos ihm tatsächlich eine Flasche Wasser bringen, offenbar motiviert durch die Aussicht, sich später mit mir zu vergnügen. Leon nimmt die Flasche entgegen, dann wird die Tür wieder verschlossen. Er zerrt mich durch die Zelle auf unserer Nische zu.

Brocks tätowierte Freunde liegen noch immer auf dem Boden, dort, wo Leon sie niedergeschlagen hat. Atmen sie überhaupt noch?

Die anderen Gefangenen verstummen, als Leon an ihnen vorbeigeht. Alle starren uns an, manche lecken sich über die Lippen oder machen mit der Zunge abstoßende Gesten. Sicher stellen sie sich vor, was Leon mit mir in der Kammer getan hat. Trotzdem wagt sich keiner zu uns heran, denn Leons Ausstrahlung ist so bedrohlich, dass sich keiner der Gefangenen mit ihm anlegen will. Er zerrt mich mit sich und hat einen so mörderischen Gesichtsausdruck, dass ich meine Angst vor ihm nicht mehr nur spielen muss.

„Beweg dich, Schlampe, oder soll ich's dir gleich nochmal besorgen?" Er stößt mich hart in die Nische hinein, ich stolpere und fange mich an der Wand ab.

Plötzlich bin ich mir nicht mehr sicher, was gespielt und was Ernst ist. Zitternd wende ich mich zu ihm um. Er hat völlig umgeschaltet, von dem beherrschten, zärtlichen Mann in der Kammer scheint nichts mehr übrig zu sein. Vor mir steht eine rohe, brutale Bestie.

Kann ein Mensch wirklich ein so guter Schauspieler sein?

Er sieht die Angst in meinem Gesichtsausdruck und begreift, dass sie nicht mehr gespielt ist. Ich fürchte mich wirklich vor ihm. Etwas blitzt in seinen Augen auf.

Schnell wirft er einen Blick zurück, um sicherzugehen, dass wir allein sind. Die anderen Gefangenen schleichen um die Nische herum, zweifelsohne in der Hoffnung, dass Leon über mich herfällt und sie sich daran aufgeilen können, doch sie wagen es nicht, zu nahe zu kommen.

Leon baut sich drohend vor mir auf, dann zwinkert er mir zu, nur ein Mal, fast unmerklich. Erleichterung keimt in mir auf, ich wage wieder, weiter zu atmen. Plötzlich greift er an meinen Hinterkopf, packt meine Haare und zieht mich zu Boden. Sein Griff ist unnachgiebig, aber nicht schmerzhaft.

Er setzt sich neben mich, seine Hand weiterhin besitzergreifend in mein Haar geschlungen. Was die anderen Gefangenen nicht sehen, ist, dass er seinen harten Griff gelockert hat. Seine Hand ruht jetzt sanft an meinem Nacken, es sieht nur noch für die anderen so aus, als würde er mir wehtun.

Mit einem Knurren hält er mir die Wasserflasche hin. Ich schraube sie auf und trinke. Er lässt meinen Nacken nicht los, behält die volle Kontrolle darüber, wie viel ich trinken darf.

„Genug?“, flüstert er kaum hörbar. Ich nicke.

„Danke“, sage ich leise, als ich die Flasche wieder zuschraube.

Im Schutz meiner langen Haare streichelt sein Daumen zärtlich über meinen Nacken und jagt mir einen Schauer über den Körper. Die Geste ist so intim, weil sie vor den Augen der anderen Gefangenen verborgen bleibt.

Dann reißt mir Leon die Flasche aus der Hand und stellt sie hinter sich.

Die anderen Gefangen schlurfen auf und ab, recken unruhig die Hälse und spähen in unsere Nische. Sie erwarten, dass Leon sich an mir vergreift, und mir ist klar, dass wir ihnen irgendeine Vorstellung liefern müssen, damit sie nicht misstrauisch werden.

Ich setze eine verzweifelte Miene auf. „Bitte“, flehe ich, laut genug, dass die anderen mich hören können. „Bitte nicht … bitte nicht schon wieder …“

Die Männer werden aufmerksam. Leon begreift augenblicklich und steigt auf mein Spiel ein.

„Schnauze, Schlampe.“

„Bitte! Ich kann nicht mehr, bitte …“

„Ich sagte, Schnauze!“

Ich wimmere vor mich hin, während er ungeduldig den Kopf in den Nacken wirft.

„Du bist zu nichts zu gebrauchen!“, faucht er.

„Verdammt, heute Nacht werde ich nicht mehr so gnädig mit dir sein.“

Damit zieht er mich an sich, so dass ich auf seiner Brust lande, und packt meinen Hintern. Ich bleibe regungslos liegen, an seinen breiten, harten Oberkörper gedrückt, während er mich festhält, seine Hand gräbt sich in meine Pobacken. „Du hast bis heute Nacht Schonfrist, aber dann werde ich’s dir so richtig besorgen. Jetzt halt dein Maul, ich muss mich ausruhen.“

Ohne meinen Kopf von seiner Brust zu heben, schiele ich aus der Nische und sehe, wie die Männer enttäuscht davonschleichen.

„Sehr gut“, murmelt er kaum hörbar. Ich halte in seinen Armen ganz still, Erleichterung durchströmt mich.

Er ist mein Verbündeter, er wird mir nicht wehtun.

Dieser Mann ist einfach nur der beste Schauspieler der Welt.

Wir warten darauf, dass die Aufseher uns holen, um die nächste Lieferung zu bearbeiten, und spielen weiterhin unsere Rollen. Seine Hand hält meinen Hintern umfasst, mein Slip ist zur Seite gerutscht, Leons Finger liegen direkt auf meiner Haut. Zu Beginn war sein Griff grob und besitzergreifend, um keinen Zweifel daran zu lassen, dass er mich als sein Eigentum betrachtet, das zu seinem Vergnügen da ist.

Jetzt hält er mich zwar noch so fest, dass ich keine Chance habe, zu entkommen, aber sein Griff ist nicht mehr hart. Ich spüre seine große, warme Hand an meinem Hintern, während er mich an seinen Körper gedrückt hält. Ein heißes Kribbeln läuft durch mich hindurch, ich winde mich in seinen Armen, doch er lässt keine Bewegung zu. Ich hebe den Kopf, er sieht das verlangende Brennen in meinen Blick und ein überraschtes Funkeln tritt in seine Augen. Dann werden sie plötzlich tiefer, dunkler, und ich spüre, wie dieselbe Hitze auch in ihm aufflammt. Ein sinnliches Lächeln kräuselt sich unmerklich in seinen

Mundwinkeln.

Sanft lässt er seinen Daumen über meinen Hintern kreisen.

Ich erschauere, halte aber weiterhin still. Er hält mich fest an sich gedrückt und beginnt, meinen Hintern zu kneten.

Mein nackter Bauch ist gegen seinen Schritt gepresst und ich fühle, wie er in der Jeans hart wird.

Wie gern ich ihn jetzt küssen würde! Aber das darf ich nicht, das würde unsere Tarnung auffliegen lassen. Mir bleibt nichts anderes übrig, als stillzuhalten, die süße Tortur zu ertragen und so zu tun, müsste er mich dazu zwingen.

Seine Berührung macht mich wahnsinnig. Ich würde mich am liebsten auf ihn setzen. Ich stelle mir vor, wie er meinen Hintern mit beiden Händen knetet, während ich mich an ihm reibe … zwischen meinen Beinen beginnt es, zu pochen. Wenn dieser Mann nicht bald mit dem aufhört, was er gerade tut, werde ich ihn hier vor allen Gefangenen küssen.

Verdammt, er macht mich so an, dass ich ihn sogar hier vor allen Gefangenen vögeln würde.

Katie! Was denkst du nur?

Er ist hart wie Stein. Seine Nasenflügel blähen sich, er ist ebenso erregt wie ich. Und er kämpft ebenso um seine Selbstbeherrschung.

Abrupt schiebt Leon mich auf die Seite. Ich rutsche auf den kalten Steinboden und stütze mich verwirrt ab, Enttäuschung schwappt wie eine Welle durch meinen Körper. Ohne ein Wort verschwindet Leon aus der Nische und kehrt kurz darauf mit meiner Jeans zurück. Er schleudert sie mir ins Gesicht.

„Zieh dich an!“, fährt er mich an. „Sie werden uns bald zur Arbeit abholen.“

Er hat Recht, schließlich kann ich unsere Flucht ja schlecht in Slip und BH antreten. Mit ungeschickten Händen schlüpfe ich in die Jeans und knöpfe sie zu. Leons

Blick brennt heiß auf meinem Körper, er verfolgt jede meiner Bewegungen. Die Beule in seiner Hose verrät, dass er ebenso kurz davor gewesen ist wie ich, seinem Verlangen nachzugeben.

Von meiner Bluse ist nach Brocks Angriff nicht mehr viel übrig. Ich knote sie notdürftig zusammen, aber sie zeigt mehr, als sie verhüllt. Wenigstens ist mein BH noch in einem Stück.

Leon setzt sich neben mich, hält aber genug Abstand, so dass wir uns nicht berühren. Ist im Moment wahrscheinlich das Klügste, wer weiß, was wir sonst tun würden.

Er hält die Zähne zusammengepresst und spricht nicht mit mir. Ich sehe, wie seine Kiefermuskeln arbeiten.

Schweigend sitzen wir in der Nische und warten. Niemand kommt, um uns hinaufzubringen.

„Verdammt", knurrt Leon schließlich leise. „Warum dauert das so lang?"

„Vielleicht ist die Lieferung doch nicht gekommen", flüstere ich. Das wäre nicht gut, gar nicht gut. Wir können unseren Fluchtplan nicht bei Tag umsetzen, wir brauchen den Schutz der Dunkelheit, um zu entkommen.

Wenn uns die Aufseher heute nicht mehr nach oben bringen, dann haben wir keine Chance, heute noch zu fliehen. Leon hat die Beine aufgestellt, seine Unterarme ruhen auf seinen Knien, er hält den Kopf gesenkt und grübelt schweigend vor sich hin.

Dann, als wir beide gar nicht mehr damit rechnen, wird plötzlich die Tür zur Zelle aufgestoßen.

Ein Aufseher winkt uns ungeduldig hinaus. „Macht schon, Bewegung!"

Leon und ich springen auf die Beine. Mein Herz beginnt, vor Aufregung schneller zu schlagen. Ich werfe einen Bick auf die Uhr, es ist kurz nach Sonnenuntergang. Bis wir mit der Arbeit fertig sein werden, wird es Nacht sein.

Perfekt.

Kapitel 12

Die Aufseher bringen uns hinaus. Brocks Kumpane liegen immer noch auf dem Boden, ich glaube, sie sind bewusstlos. Die anderen Gefangenen steigen einfach über sie drüber, wir verlassen die Zelle und gehen die Treppe hinauf.

Zwei LKWs müssen ausgeladen werden, Leon geht mit zügigen Schritten an den Arbeitstischen vorbei und schnappt sich einen Handstapler. Ich bleibe an seiner Seite, tue so, als würde ich mich nicht trauen, mich von ihm zu entfernen. Wir gehen nach draußen, um die erste Ladung zu holen. Die Wachen lassen uns passieren.

Die frische Luft ist angenehm, ich atme tief durch. In dem Kellerverlies stinkt es nach Schmutz, Schweiß und Urin.

Die Sonne ist bereits untergegangen, der Himmel sieht wunderschön aus in den blassen Farben der Abenddämmerung. Verstohlen sehe ich mich um.

Wir sind umgeben von Wüste, verdorrten Sträuchern und ein paar Kakteen, ich sehe nicht einmal eine Straße, die hierher führt, bloß die Reifenspuren der LKWs im staubigen Boden.

Schlagartig wird mir klar, dass ich dort draußen keinen Tag überleben würde, wenn ich allein fliehe. Leons Plan, mit dem Wagen zu flüchten, ist wirklich unsere einzige Chance.

Leon stößt mich zum LKW, damit ich mitanpacke, um die Kisten herunterzuheben. Ich bin wirklich keine große Hilfe, Leon schleppt die Kisten fast allein, aber er lässt sich nichts anmerken. Als der Stapler voll beladen ist, packt mich Leon am Genick und zwingt mich, den schweren Stapler zu schieben. Dabei hält er meine Hand am Haltegriff umklammert, damit es so aussieht, als würde er mich dort festhalten – tatsächlich setzt er selbst den Stapler in Bewegung und steuert ihn mitsamt der schweren Ladung in die Halle.

Die Aufseher lassen uns in Ruhe, es scheint sie zu amüsieren, wie Leon mich zur Arbeit antreibt. Ich spiele mit und gebe mir Mühe, möglichst verzweifelt und erschöpft auszusehen, während meine Gedanken ständig um unsere Flucht kreisen.

Wird es uns gelingen, einen Geländewagen zu stehlen? Wie viele Wachen werden nachts in der Lagerhalle sein? Wie will Leon sie ausschalten? Bei dieser Frage bekomme ich einen Kloß im Hals.

Natürlich ist Leon ein guter Kämpfer, ein ausgezeichneter Kämpfer sogar.

Aber die Aufseher haben Waffen.

Ich verdränge den Gedanken daran, dass Leon verletzt werden könnte, oder sogar getötet. Um überhaupt an einen Geländewagen ranzukommen, muss es uns zuerst gelingen, nicht mit den anderen Gefangen in der Zelle eingeschlossen zu werden. Ich habe keine Ahnung, wie Leon das anstellen will, es bleibt mir nichts übrig, als darauf zu vertrauen, dass er einen Plan hat.

Wir laden die LKWs aus, transportieren die Kisten in die Halle, bringen die umgepackten Waffen wieder nach draußen und laden sie auf andere LKWs. Mittlerweile ist es dunkel geworden und die Aufseher haben große Scheinwerfer eingeschaltet, damit sie uns im Auge behalten können.

Mehrmals fange ich einen Blick vom Anführer der Aufseher auf, der mir die Kehle zusammenschürt. Seine Augen glühen, ich weiß genau, dass er sich ausmalt, mich in die Kammer zu schleifen, sobald wir unsere Arbeit beendet haben.

Ich weiß nicht, ob Leon die Blicke des Anführers bemerkt. Er spielt seine Rolle als brutaler Schlägertyp perfekt, schubst mich herum und beschimpft mich, als würde er es genießen, mir Angst zu machen und mich zu demütigen.

Die anderen Wachen scheinen das unterhaltsam zu finden. Langsam begreife ich, worauf es Leon abgesehen hat.

Nachdem die letzte Ladung Kisten verstaut worden und der LKW abgefahren ist, werden die anderen Gefangenen wieder zurück in den Keller getrieben. Die Wachen bestimmen, dass Leon und ich die Handstapler zurück in die Lagerhalle bringen sollen, so sehr gefällt es ihnen, zuzusehen wie Leon mich quält.

Wir beide sind das Unterhaltungsprogramm, sehr clever. Ich schmunzele innerlich über Leons gelungenen Plan.

Wir schieben die Stapler herein, es dauert nur ein paar Minuten. Ich schiele ständig zu Leon hinüber, warte auf ein Zeichen von ihm, dass wir unseren Fluchtplan in die Tat umsetzen – doch er reagiert nicht.

Wahrscheinlich sind noch zu viele Wachen in der Halle, ich blicke mich um und zähle sechs bewaffnete Männer. Zwei davon stehen in unserer Nähe und beaufsichtigen uns, während die anderen dabei sind, die Tore zu verschließen.

Als wir unsere Arbeit beendet haben, werden wir von Carlos und einer Wache nach unten gebracht. Ich warte angespannt, rechne jeden Moment damit, dass Leon loslegt. Je näher wir dem Verlies kommen, desto unruhiger werde ich. Wenn wir erst wieder eingeschlossen sind, ist es zu spät! Worauf wartet Leon, verdammt noch mal?

Im Gang, der zum Verlies führt, bleibt der Anführer plötzlich stehen. Mit einem widerlichen Lächeln tritt er zu mir, fasst mein Gesicht und streicht mit seinem Daumen über meine Lippen. Ich muss mich zusammenreißen, am liebsten würde ich den Scheißkerl beißen.

Leons Körper verspannt sich, er strafft fast unmerklich die Schultern.

Carlos gibt dem Wachmann einen Wink. „Bring den da in die Zelle. Ich werde mir mit der Kleinen hier noch ein wenig Zeit lassen.“ Dabei reißt er mir die Fetzen meiner

Bluse von den Schultern, entblößt meinen BH und fasst mir grob an die Brust. Ich schreie erschrocken auf und weiche zurück, doch er lacht nur, packt mich und drückt mir einen brutalen Kuss auf den Mund.

Ich versuche, ihn wegzustoßen, doch er ist zu stark. Als nächstes höre ich nur noch ein schnelles Handgemenge, ein Knacken und der dumpfe Aufprall eines schweren Körpers. Carlos lässt mich los und sieht sich um.

„Was zum …?“

Doch Leon ist bereits über ihm. Schneller, als Carlos reagieren kann, hat Leon ihn um den Hals gepackt, ein kraftvoller, gnadenloser Ruck, noch ein scheußliches Knacken – und der Körper des Aufsehers sackt zusammen. Leon lässt ihn zu Boden gleiten.

Ich sehe mit weit aufgerissenen Augen zu, wie Leon den Mann an den Armen packt, der Kopf des Aufsehers rollt willenlos zur Seite, und Leon schleift ihn über den Gang.

„Schnell, sieh nach, wo wir die Leichen verstecken können“, zischt er mir zu.

Ich schiebe mich an ihm vorbei, wobei ich mir Mühe gebe, nicht in Carlos‘ tote Augen zu sehen, und öffne die Tür rechts von Leon. Sie führt in eine kleine Abstellkammer, die vollgestopft ist mit Drahtrollen und Wellblech.

„Da hinein“, sage ich leise und halte Leon die Tür auf. Er beugt sich zu Carlos hinunter, nimmt ihm die Maschinenpistole ab und steckt sein Messer in seinen Gürtel. Dann hebt er den leblosen Körper auf seine Schulter, legt ihn hinter den Wellblechteilen ab und geht zurück, um den Wachmann zu holen.

Ich sehe ungläubig zu, wie er scheinbar mühelos die Männer hochhebt und trägt. Jeder wiegt bestimmt achtzig Kilo, ich hätte keinen von ihnen auch nur einen Meter weit über den Boden schleifen können. Nachdem Leon auch die Waffen des Wachmannes an sich genommen hat, legt er die Leiche zu der des Anführers und schließt dann die

Tür zu dem Abstellraum.

Mit den beiden Maschinenpistolen, die über seinem Rücken gekreuzt hängen, und den Kampfmessern in seinem Gürtel wendet er sich mir zu. Hätte er auch noch eine Uniform an, würde er aussehen wie ein Elitesoldat.

In mir steigt plötzlich eine Ahnung auf, woher Leon all sein Wissen und seine Fähigkeiten haben könnte.

„Du hast sie umgebracht“, flüstere ich, noch immer schockiert.

„Ich hatte keine Wahl. Er wollte dich vergewaltigen.“

Unwillkürlich weiche ich einen Schritt zurück. Innerhalb von wenigen Sekunden hat Leon zwei Männern mit bloßen Händen das Genick gebrochen, und jetzt steht er bis an die Zähne bewaffnet vor mir.

Wenn er schon unbewaffnet so tödlich ist, was kann er dann erst mit Messern und Maschinenpistolen anrichten?

„Hast du Angst vor mir?“, fragt er stirnrunzelnd.

Ich komme nicht mehr dazu, ihm zu antworten. Schritte ertönen auf der Treppe, die anderen Aufseher kommen herunter. Ohne zu zögern schnappt mich Leon, hält mir den Mund zu und zieht mich in den Raum gegenüber der Abstellkammer. Es ist die Kammer, in die der Aufseher uns zu Mittag gebracht hat, damit Leon dort ungestört über mich herfallen kann.

Uns bleibt keine Zeit mehr, die Tür zu schließen. Das Licht im Raum ist abgeschaltet, Leon zieht mich hinter die geöffnete Tür in die Schatten.

Eingeklemmt zwischen der Tür und der Mauer, drängt er mich mit seinem massiven Körper gegen die Wand. Er hält mir noch immer den Mund zu, seine Bewegungen sind so lautlos, dass es für einen so großen Mann fast unmöglich erscheint. Ich fühle, wie die Waffen, die er trägt, gegen meinen Körper drücken, und spüre seine harten Muskeln, die mich festhalten.

Ich höre ihn nicht einmal atmen, er ist unsichtbar wie ein tödliches Phantom. Sekunden später gehen die Aufseher am Gang vorbei, keine zwei Meter von uns entfernt.

„Wo sind die anderen?", fragt einer von ihnen. Mein Spanisch ist ein wenig eingerostet, aber ich verstehe das Meiste von dem, was die Männer sagen.

„Machen wahrscheinlich schon Schichtwechsel", knurrt sein Kollege. „War ein beschissen langer Tag."

„Haben die Gefangenen schon Wasser bekommen?"

„Keine Ahnung, ist mir ehrlich gesagt scheißegal."

„Der Boss wird uns den Kopf abreißen, wenn sie draufgehen. War schwierig genug, sie hierher zu schaffen. Geh hinauf und hol Wasser."

„Beweg' deinen Arsch doch selbst, ich bin schließlich nicht dein Laufbursche."

Die beiden Wachmänner machen kehrt und steigen die Treppe hinauf.

Ich atme erleichtert auf, mein Körper entspannt sich in Leons Armen. Doch er lockert weder seinen Griff, noch nimmt er die Hand von meinem Mund.

„Wir warten, bis sie zurückkommen", raunt er fast unhörbar in mein Ohr. Ich nicke, soweit Leons Griff das zulässt.

Sein muskulöser Körper drängt mich weiterhin gegen die Wand, und ich kann nicht abstreiten, dass es mich anmacht. Ich muss daran denken, was in diesem Raum vor wenigen Stunden hätte passieren können, und die Härte, die plötzlich gegen meinen Rücken drückt, verrät mir, dass Leon Ähnliches durch den Kopf geht. Er hält weiterhin seine Hand auf meinen Mund gepresst, doch er löst den festen Griff um meinen Körper und lässt seine Hand über meinen Bauch gleiten, bis seine Finger gegen den Saum meiner Jeans stoßen. Dabei presst er seinen Körper gegen mich, ich fühle, wie seine Erektion gegen meinen Rücken drückt. Es ist eine stumme Frage, er wartet auf meine Einladung.

Mein Puls beschleunigt sich. Als Leon spürt, wie ich unter seiner Hand leise aufstöhne, als er die heiße Luft meines Atems an seiner Handfläche fühlt, gleitet seine andere Hand tiefer, streicht über meiner Jeans zwischen meine Beine.

Hitze schießt in meinen Unterbauch. Unwillkürlich beginne ich, meinen Rücken an ihm zu reiben. Leons Hand wandert zu meinem Hosenbund, öffnet den Knopf meiner Jeans und zieht den Reißverschluss auf. Dann lässt er seine Hand langsam in meine Jeans gleiten.

Ich möchte mich bewegen, mich seiner Hand entgegen drängen, doch er lässt es nicht zu. Sein Körper ist wie aus Stahl, er presst mich gegen die Wand und hält meinen Mund weiterhin verschlossen, während er seine Finger langsam unter meinen Slip schiebt.

Seine große, warme Hand tastet sich kundig vor. Als er meine Klitoris berührt, geben meine Knie nach, doch er hält mich unnachgiebig auf den Beinen. Er beginnt, sanfte Kreise auf meiner Klitoris zu zeichnen, bis ich unter seiner Hand zu wimmern beginne. Dann gleiten seine Finger weiter, streicheln meine Schamlippen, tasten sich vor, bis er den Eingang meiner Scheide berührt.

Als er spürt, wie feucht ich bin, entringt sich auch ihm ein leises Stöhnen. Ich halte es kaum noch aus, presse meine Scham gegen seine Hand, doch er lässt es noch immer nicht zu, dass ich mich bewege. Er massiert mich mit quälender Langsamkeit, und als ich schon glaube, jeden Moment zu kommen, dringt er mit einem Finger in mich ein.

Ich keuche auf und sinke an seinem Körper zusammen. Doch Leons Hand ist gnadenlos, er beginnt, seinen Finger in mir zu bewegen, während seine Hand mich weiter streichelt, reizt, mir den Verstand raubt.

Seine Fingerspitzen streicheln meine Scheide entlang, über meine Schamlippen, dann führt er langsam einen zweiten Finger in mich ein. Mein Herz flattert, ich bin kurz davor, zu kommen, als er beginnt, seine Finger mit rhythmischem Druck in mir zu bewegen.

Oh Gott, dieser Mann ist wirklich gefährlich! Ich kann mein Stöhnen nicht mehr zurückhalten, seine Hand presst sich fester auf meinen Mund, während er seine Finger unbarmherzig rein- und rausgleiten lässt. Mein Körper spannt sich an, Leons Hand wird schneller, ein unterdrücktes Stöhnen entringt sich mir, gedämpft durch seine Hand an meinem Mund, als sich meine Muskeln schließlich pulsierend um seine Finger verkrampfen.

Ein Zittern geht durch meinen Körper, ich sinke matt gegen Leon. Noch immer lässt er mich nicht los, seine Hand gleitet aus meiner Hose und er legt sie sanft auf meinen Bauch.

Im nächsten Moment umklammert er mein Becken und sein Körper erstarrt. Ich höre sie auch.

Die Aufseher kommen polternd die Treppe herunter, offenbar sind sie mit Nahrungsmitteln beladen. Ich halte ganz still, auch Leon ist zu einer Statue versteinert, keiner von uns macht ein Geräusch. Die Wachen gehen an unserem Raum vorbei, und plötzlich lässt Leon mich los, zieht sich blitzschnell zurück und folgt den beiden Männern lautlos.

Erschrocken und ängstlich schleiche ich ihm nach und spähe ganz vorsichtig aus dem Raum in den Gang hinaus. In der kurzen Zeit hat Leon bereits einen Wächter getötet, der Mann liegt keine drei Meter von mir entfernt auf dem Boden, und Leon schneidet gerade dem anderen die Kehle durch. Erschrocken presse ich meine Hand auf meinen Mund, um nicht zu schreien. Leon lässt den zuckenden Körpers des Wachmanns langsam zu Boden gleiten. Um den Kopf des anderen bildet sich eine Blutlache. Alles ist so schnell passiert, dass die Männer nicht einmal Zeit hatten, Alarm zu schlagen.

Leon nimmt einem der Toten die Maschinenpistole ab, steigt rasch über die beiden Leichen und kommt zu mir zurück. Ich kauere wie erstarrt an der Tür und starre ihn sprachlos an. Er wischt das Blut von seinem Messer, steckt es zurück in seinen Gürtel und drückt mir die Maschinenpistole in die Hand.

„Ich werde jetzt nach oben gehen und mich um die

anderen Wachen kümmern“, sagt er leise. „Du bleibst hier. Versteck dich in der Kammer, und wenn jemand hereinkommt, dann schießt du. Hast du mich verstanden?“

Ich nicke mechanisch. Die Waffe fühlt sich in meinen Händen so fremd an, so kalt und schwer.

„Ich habe sie schon für dich entsichert“, sagt Leon. „Du musst nur noch den Abzug ziehen.“

Ich nicke wieder. Mein Magen krampft sich zusammen, mein Herz rast. Gleich wird Leon nach oben verschwinden und mich hier alleinlassen.

„Sei vorsichtig“, bringe ich heiser hervor. Die Maschinenpistole bebt in meinen Händen.

„Ich bin gleich wieder zurück“, verspricht er. Dann lehnt er sich zu mir, umfasst meinen Nacken zärtlich und drückt einen Kuss auf meine Lippen. Als er sich von mir löst, fühlt es sich an, als würde er mir die Luft zum Atmen nehmen. Ich bleibe zurück, während er leise die Treppe hinaufschleicht. Dann höre ich nichts mehr, nur mein eigenes Blut, das in meinen Ohren rauscht.

Ich ziehe mich in die Kammer zurück, kauere mich in eine dunkle Ecke zwischen dem Feldbett und dem Regal, die Maschinenpistole auf meinen Knien, und warte.

Vor zwei Tagen hatte ich noch ein normales Leben, einen guten Job, einen idiotischen Ex-Freund und einen nervigen Boss – und jetzt hocke ich mutterseelenallein im Keller eines mexikanischen Arbeitslagers, mit vier Leichen vor der Tür, einem Verlies voller Krimineller nebenan und einer Maschinenpistole auf den Knien!

Ob ich auf einen Menschen schießen könnte, wenn es sein muss? Ich beiße nervös auf meine Unterlippe. Wenn die anderen Aufseher hier unten auftauchen – würde ich es dann fertigbringen, sie zu erschießen?

Niemals könnte ich einen Menschen so umbringen, wie Leon es getan hat, das weiß ich genau. Mit bloßen Händen, einem Messer … ich erschauere.

Was wohl gerade oben vor sich geht? Ich versuche, mir nicht vorzustellen, wie Leon dort oben einen Wachmann nach dem anderen ausschaltet. Lautlos, unbarmherzig, tödlich. Mein Herz schlägt so heftig, dass es wehtut.

Er ist einer gegen … wie viele Wachen sind noch oben? Ich versuche, mich an die genaue Anzahl der Aufseher zu erinnern, aber ich weiß es nicht mehr, mein Verstand ist wie gelähmt.

Was, wenn sie Leon zuerst erwischen? Mein Hals schnürt sich zu bei dem Gedanken, dass er jeden Augenblick dort oben erschossen werden könnte.

Was soll ich nur tun? Soll ich hinaufschleichen, um ihm zu helfen? Aber ich habe keine Ahnung, wie man mit einer Maschinenpistole schießt! Nervös hocke ich in meinem Versteck, die Sekunden rinnen quälend langsam dahin, gleichzeitig scheint es mir, als wäre Leon schon viel zu lange weg.

Bitte, lass ihn zu mir zurückkommen, bete ich lautlos. Er ist der Einzige, der mich hier drinnen am Leben erhält, der Einzige, der gut zu mir gewesen ist in dieser Hölle. Und er könnte …. Ich schlucke, als mir der Gedanke kommt. Er könnte so viel mehr sein, vielleicht, wenn wir uns nicht in dieser wahnsinnigen Situation begegnet wären … wenn wir uns im normalen Leben kennengelernt hätten, dann könnte ich mich in ihn ver-

Ein Schuss kracht, ich erschrecke so sehr, dass ich fast die Maschinenpistole fallenlasse.

Mit angehaltenem Atem lausche ich, meine Hände umklammern die Waffe, ich traue mich nicht, mich zu bewegen. Mein Herz hämmert so heftig, dass ich glaube, gleich einen Herzinfarkt zu kriegen.

Wer hat geschossen? Leon? Bestimmt nicht, damit würde er die Aufmerksamkeit der Wachen auf sich lenken. Sicherlich hat er sie lautlos unschädlich gemacht, ebenso wie die Wachen hier im Gang.

Also hat man auf ihn geschossen! Nur ein Schuss? Hätten sie ihn verfehlt, hätten sie dann nicht öfter geschossen? Bei dem Gedanken wird mir eiskalt. Haben sie ihn etwa erwischt?

Oh mein Gott, ist Leon tot?

Vor Verzweiflung, Angst und Hilflosigkeit schießen mir die Tränen in die Augen. Da ist auch noch ein anderes Gefühl, aber ich bin zu verwirrt und aufgewühlt, um es zu benennen. Dieses Gefühl brennt ein kaltes Loch in mein Herz bei dem Gedanken, dass Leon gerade dort oben stirbt.

Ich kauere weiterhin in der Kammer, weil ich nicht weiß, was ich sonst tun soll. Wenn ich hinaufgehe, werde ich sicher ebenfalls erschossen. Wenn ich hier unten bleibe … dann werden die Wachen mich hier finden, und ihre toten Kollegen draußen am Gang, und was sie dann mit mir machen werden, daran möchte ich gar nicht denken.

Plötzlich ist die Entscheidung klar. Dann doch lieber hinaufgehen und riskieren, erschossen werden. Vielleicht kann ich wenigstens ein paar von ihnen zuerst erwischen.

Zitternd stehe ich auf und schleiche auf die Tür zu, die Pistole fest umklammert. Bevor ich aus der Tür hinausspähe, lausche ich, höre aber kein Geräusch. Der Gang und die Treppe sind leer. Ich hole tief Luft, meine Finger krallen sich um die Waffe, und ich trete hinaus auf den Gang.

Kapitel 13

Eine riesige Gestalt steht neben der Tür.

Ich pralle zurück und reiße die Maschinenpistole hoch, doch bevor ich abdrücken kann, windet der Mann mir die Waffe aus der Hand – mit einer Kraft und Schnelligkeit, wie es nur einer kann.

„Leon!“ Ohne nachzudenken werfe ich mich an seine Brust, umklammere ihn und drücke mich an ihn. „Bist du verletzt? Ich habe einen Schuss gehört! Ich dachte …“

„Es geht mir gut.“ In einer Hand hält er meine Maschinenpistole, die andere Hand streichelt beruhigend über meinen Rücken.

Ich schiebe mich ein wenig von ihm weg, um ihm ins Gesicht sehen zu können. Jetzt zittere ich am ganzen Körper. „Ich hatte solche Angst! Ich dachte, sie hätten dich erwischt.“

„Nur ein Streifschuss.“ Er deutet auf seinen Arm, mit dem er meine Waffe hält. Sein Ärmel ist blutgetränkt.

Erschrocken betaste ich seinen Oberarm, ziehe den durchschossenen Stoff seines Hemds beiseite und untersuche die Wunde. Mein Magen zieht sich zusammen. Er blutet, aber nicht so stark, dass es lebensgefährlich ist. Trotzdem sieht die Verletzung aus, als wäre sie verdammt schmerzhaft.

„Werde ich überleben, Doc?“ Er grinst mich schief an. Wieder schießen mir Tränen in die Augen, die Angst und die Anspannung sind einfach zu viel.

Er wischt sie mir behutsam von den Wangen. „Du brauchst keine Angst mehr zu haben.“ Dann umfasst er mein Gesicht und küsst mich zärtlich auf den Mund. Ich spüre seine weichen Lippen und schmecke meine salzigen Tränen.

„Ich habe alle Wachen ausgeschaltet“, sagt er leise.

„Wir müssen sofort hier weg. Ich habe keine Ahnung, wann die anderen zurückkommen, vielleicht haben wir nicht viel Zeit."

Ich nicke und reiße mich zusammen. Ohne einen Blick zurück in den Gang zu werfen, wo die Leichen der Aufseher liegen und die Tür zu unserer ehemaligen Gefängniszelle ist, folge ich Leon die Treppe hinauf.

In der Lagerhalle ist es dunkel, nur eine einzige Lampe brennt über dem Ausgang. In den Schatten sehe ich ein paar Gestalten, die reglos auf dem Boden liegen. Ich schlucke und halte meinen Blick geradeaus auf die Geländewagen gerichtet.

Leon lässt mich in einen der Wagen einsteigen und schiebt das vordere Tor der Lagerhalle auf. Dann setzt er sich auf den Fahrersitz, eine der Maschinenpistolen legt er quer über seine Oberschenkeln, die anderen wirft er auf die Rückbank. Ich zucke vor Schreck zusammen, als er den Motor startet, weil der Lärm durch die Halle dröhnt und ich erwarte, jeden Moment Wachen auf uns zustürmen zu sehen, die uns mit ihrem Maschinengewehrfeuer durchlöchern.

Doch nichts geschieht.

„Mach dir keine Sorgen", sagt Leon mit düsterer Stimme, während er den Wagen aus der Lagerhalle fährt. „Es ist keiner mehr übrig."

Dann tritt er aufs Gas und jagt den Geländewagen aus unserem Gefängnis fort, hinaus in die Wüste.

Leon lenkt den Wagen souverän durch das unebene Gelände, mit einer Geschwindigkeit, die ich niemals halten könnte. Er weicht Felsen und Gewächsen im Slalom aus, trotzdem brettern wir dahin, als wären wir auf einem Highway unterwegs.

„War es schwer?", frage ich. Ich muss laut sprechen, um den Lärm des Wagens zu übertönen. Mein Hals fühlt sich immer noch wie zugeschnürt an.

„War was schwer?"

Ich senke den Blick. *Diese Männer zu töten*, will ich sagen, doch ich bringe es nicht über die Lippen.

Leon scheint mich trotzdem zu verstehen.

„Es war notwendig“, sagt er ruhig, seine Aufmerksamkeit geradeaus auf die Strecke gerichtet. „Das war vielleicht unsere einzige Chance, zu entkommen.“

„Und der Schuss?“

„Ich hatte fast alle Wachen erledigt, es waren nur noch zwei übrig. Als ich mich um den einen gekümmert habe, ist der andere plötzlich aufgetaucht und hat auf mich geschossen. Ich wollte ihn ausschalten, aber der Schuss hatte sich schon gelöst, bevor mein Messer den Mann getroffen hat. Zum Glück war niemand mehr übrig, den der Knall hätte warnen können.“

Ich schweige und starre auf meine Hände. Wie viele Männer hat Leon in den letzten zwölf Stunden getötet? Zuerst Brock, möglicherweise auch seine Kumpane - die beiden waren in keiner guten Verfassung, als ich sie das letzte Mal gesehen habe - dann Carlos und den zweiten Wachmann, die beiden Wachen, die das Wasser herunter geschleppt haben, und weiß Gott wie viele weitere oben im Lagerhaus.

Ich sitze neben einem absolut tödlichen Killer.

Leon scheint zu ahnen, was mir durch den Kopf geht.

„Hast du Angst vor mir?“

Ich blinzele zu ihm rüber. „Kannst du meine Gedanken lesen?“

„Sie waren nicht schwer zu erraten. Du bist weiß wie eine Wand.“

Ich überlege, bevor ich ihm antworte.

„Nein“, sage ich schließlich, und es ist die Wahrheit. „Ich habe keine Angst vor dir. Jetzt nicht mehr.“

„Wann hast du dich vor mir gefürchtet?“

„Eigentlich die ganze Zeit über. Seit du den ersten Gefangenen verprügelt hast, der mich angegriffen hat. Da habe ich kapiert, wie gefährlich du bist.“

Er sieht verständnislos zu mir herüber. „Aber ich habe

die beiden Männer doch am Leben gelassen.“ Anscheinend qualifiziert ihn diese Tatsache in seinen Augen als ‚ungefährlich‘. Was vermutlich in seiner Welt – wie auch immer die aussieht – tatsächlich so ist.

Ich weiß nichts über ihn, außer dass er angeblich Fotograf ist. Darüber kann ich jetzt nur lachen, jeder Fotograf, den ich kenne, hätte sich vor Angst in die Hosen gemacht bei dem, was wir gerade durchgemacht haben.

Ich weiß auch, dass Leon jeden mit bloßen Händen umgebracht hat, der mir etwas antun wollte. Obwohl er mich erst seit zwei Tagen kennt.

Warum eigentlich?, frage ich mich plötzlich. *Warum hat er mich beschützt?*

„Warum hast du das getan?“ Obwohl ich laut sprechen muss, klingt meine Stimme schüchtern.

„Was getan?“

„Auf mich aufgepasst, in dem Verlies. Du hast mich beschützt, du hast mir …“ Ich schlucke. „Du hast mir das Leben gerettet.“

Er sieht mich an, ein sanfter Ausdruck tritt für einen Moment in seine Augen. „Ich konnte dich doch nicht diesen Schweinen überlassen.“

Mein Herz klopft und mein Bauch kribbelt. Mir wird warm.

„Warum hast du jetzt keine Angst mehr vor mir, Katie?“

Ich zucke mit den Schultern. „Du hättest mich auf hundert verschiedene Arten umbringen können, wenn du das vorgehabt hättest.“ Wahrscheinlich beherrscht er tatsächlich hundert verschiedene Methoden, einen Menschen umzubringen. Oder mehr? „Und du hast mehr als einmal die Gelegenheit gehabt, mir noch Schlimmeres anzutun.“

„Ich würde nie einer wehrlosen Frau wehtun.“ Er senkt die Stimme. „Ich musste grob zu dir sein, weil es notwendig war, um dich zu schützen. Aber sowas macht mich nicht an.“

„Und was macht dich an?"

Oh Gott, habe ich das wirklich gesagt?

Er blickt überrascht zu mir herüber und ich erröte. Ein sehr männliches Lächeln erscheint auf seinen Lippen.

„Vielleicht findest du das bald heraus?" Seine Stimme klingt rau, es ist eine Einladung zum Spiel.

Was ihn wohl wirklich anmacht? Ich überlege. Was mich anmacht, weiß er ja schon. Ich erröte noch heftiger, als ich daran denke, was er mit mir in der dunklen Kammer angestellt hat. Das Gefühl seiner Hand zwischen meinen Beine, seiner Finger, die mich streicheln … mir wird heiß. Verlegen starre ich auf meine Hände.

Er schweigt, und das wissende Lächeln auf seinen Lippen lässt mich nur noch heftiger erröten. Ich räuspere mich. „Wohin fahren wir?"

„Nach Norden. Vielleicht schaffen wir es bis zur Grenze. Oder zumindest bis zu einer Stadt, wo wir telefonieren können."

„Woher weißt du denn, wo Norden ist?"

Er lacht. Der Effekt ist atemberaubend, ich starre ihn mit offenem Mund an.

„Katie, schau mal nach oben. Die Nacht ist klar, man kann die Sterne deutlich sehen."

„Du erkennst die Himmelsrichtung an den Sternen?" Ich bin keine Idiotin, aber ich habe einen miserablen Orientierungssinn. Ich erkenne eine Himmelsrichtung nur dann, wenn ein großer Pfeil mit der Aufschrift *Nach Norden* vor mir steht.

„Natürlich."

Jetzt kann ich mich nicht mehr zurückhalten. „Woher weißt du all diese Dinge? Und sag jetzt nicht wieder: Aus dem Kino."

Zu meiner Überraschung blockt er nicht ab, sondern atmet tief durch. „Ich habe dich belogen, Katie. Ich bin kein Fotograf."

Was für eine Offenbarung.

„Habe ich mir fast gedacht", murmele ich ironisch.

„Ich arbeite für eine Regierungsbehörde."

„Eine Regierungsbehörde? Was, bist du etwa beim FBI?"

„Nein. Meine Einheit nennt sich Urban Warrior Corps, UWC. Wir werden für Spezialaufträge eingesetzt und arbeiten behördenübergreifend, also auch mit der Polizei, dem FBI und der CIA zusammen."

Ich starre ihn an. Wenn mir ein Kerl erzählt, er wäre in Wahrheit ein Geheimagent, ist das meistens ein schlechter Witz. Aber Leon glaube ich jedes Wort. „Und was für Spezialaufträge sind das?"

„Das ist ganz unterschiedlich. Die Sache mit dem Fotoauftrag, die Hintergrundstory, war nur ein Vorwand, um mit dir zu arbeiten."

Ich blicke verwundert auf. „Mit mir? Aber warum?"

„Weil du in dieser Entführungsgeschichte schon zu tief gegraben hast. Das FBI und Interpol waren an der Sache dran, wir hatten den Verdacht, dass es um Menschenhandel geht und waren dabei, Leute einzuschleusen. Wir wussten zwar nichts von den mexikanischen Waffenhändlern, aber es war klar, dass verdammt gefährliche Leute dahinterstecken." Er schüttelt den Kopf. „Und dann taucht diese kleine, hartnäckige Reporterin auf, stellt zu viele Fragen und bringt die ganze Operation in Gefahr. Ganz zu schweigen von deinem eigenen Leben."

„Also hast du dich an mich drangehängt, um mich davon abzuhalten, die Wahrheit aufzudecken?"

„Ich habe mich an dich drangehängt, um herauszufinden, wie viel du schon über die Entführungen weißt. Und um sicherzugehen, dass du am Leben bleibst." Er sieht mich aus diesen unwiderstehlichen, schokoladenbraunen Augen an. „Du bist mein Auftrag, Katie. Dich zu beschützen, dich am Leben zu erhalten."

„Oh." Wärme breitet sich wieder in meinem ganzen Körper aus. „Gestern Morgen, in der Redaktion, da dachte ich, du kannst mich nicht leiden."

„Du warst aber auch eine ziemlich kratzbürstige Wildkatze."

Ich schlucke. „Tut mir leid. Ich war so sauer auf Bob und dich … dabei hast du dein Leben riskiert, um mich zu beschützen."

„Ich habe eben eine Schwäche für kratzbürstige Wildkatzen", grinst er und hebt vielsagend die Augenbrauen.

„Heißt du wirklich Leon?"

Er nickt. Wenigstens das war nicht gelogen.

„All deine Fähigkeiten im Kampf … wie man Leute umbringt, und all das … bringen sie euch das bei deiner Behörde bei?"

Wie würde man so eine Ausbildung bezeichnen? Killer-Akademie?

Plötzlich habe ich die skurrile Vision, wie ich Leon meinen Eltern vorstelle, an einem Sonntagnachmittag rund um den Kaffeetisch.

Mum, Dad, das ist Leon, promovierter Berufskiller.

Oh mein Gott.

„Nein", erwidert er. „Die meisten von uns verfügen über … einschlägige Erfahrung." Er verzieht die Lippen zu einem harten Lächeln.

„Und wie sieht deine einschlägige Erfahrung aus?", frage ich leise.

Daraufhin schweigt er lange. Ich erwarte schon gar nicht mehr, dass er auf meine Frage antwortet, als er doch noch zu reden anfängt.

„Ich war Soldat." Seine Stimme klingt seltsam fremd. „Bei den Marines, viele Jahre lang. Ich war schon überall auf der Welt, wo es Ärger gegeben hat."

Das erklärt, warum er mit Waffen umgehen kann, Männer mit bloßen Händen tötet und die schnellsten Reflexe hat, die ich jemals gesehen habe.

„Sowas Ähnliches habe ich mir schon gedacht", sage ich leise.

„Dass ich bei den Marines war?"

Ich zucke mit den Schultern. „Dass du Soldat warst. Als ich dich im Keller mit den Maschinenpistolen und den Messern gesehen habe … war es irgendwie offensichtlich." Ich lächele ihn entschuldigend an. „Hast du deshalb gewusst, wie du dir unter den Gefangenen Respekt verschaffen musst? All diese Der-Stärkste-hat-das-Sagen-Regeln, bringt man euch das bei?"

„Nein", erwidert er düster. „Das lernt man in der Kriegsgefangenschaft in Afghanistan."

Ich verstumme erschrocken. Sein Gesicht ist sehr ernst.

„Dort bist du gewesen?", flüstere ich, meine Stimme ist über dem Lärm des Motors kaum zu verstehen. „In einem Gefängnis in Afghanistan?"

„Drei Monate, eine Woche und zwei Tage lang", stößt er zwischen den Zähnen hervor.

Ich schlucke und wage kaum, weiter zu fragen. „Was … was ist passiert?"

„Meine Einheit ist in einen Hinterhalt geraten", knurrt er. „Vier von meinen Kameraden wurden erschossen, wir anderen gefangen genommen." Seine Stimme wird noch dunkler. „In einem afghanischen Gefängnis lernt man schnell, zu überleben. Es gibt nur eine einzige Regel: Der Starke lebt, der Schwache stirbt. Man ist auf sich allein gestellt, ähnlich wie in dem Kellerverlies." Sein Blick flackert zu mir, wird weicher. „Bloß gab es in Afghanistan keine so schöne Frau, um die ich mir Sorgen machen musste."

Er findet mich schön?

„Du hast dir wirklich Sorgen um mich gemacht?"

Er nickt. „Die ganze Zeit über. Ständig habe ich gefürchtet, dass ich nicht rechtzeitig da wäre, um dich vor diesen Dreckskerlen zu beschützen."

Bei seinen Worten kribbelt es in meinem Bauch. „Hast du mich deshalb gezwungen, bei dir in der Nische zu schlafen?"

„Es war die einzige Möglichkeit, dich im Auge zu behalten. Ich musste dich für mich beanspruchen, bevor es ein anderer getan hat.“

„Das klingt so barbarisch …“

„Das ist es auch“, sagt er ernst. „Wenn du Männer auf engem Raum einsperrst, alle Regeln außer Kraft setzt, und es nur begrenzte Ressourcen gibt – Wasser, Nahrung, Frauen – dann fällt jegliches Sozialverhalten von ihnen ab, und die ursprüngliche, barbarische Natur tritt hervor.“

„Du denkst, dass alle Männer in ihrem Innern Barbaren sind?“

„Ich habe gesehen, wie sich Menschen im Allgemeinen verändern, wenn es darum geht, zu überleben.“

Ich erwidere nichts, starre geradeaus in die Dunkelheit und denke über seine Worte nach. Mein eigenes Leben kommt mir plötzlich so behütet vor, eine Tatsache, die mir früher nie bewusst gewesen ist.

„Was geht in deinem hübschen Köpfchen vor, Katie?“

Ich seufze, tief und schwer. „Ich bin nur froh, dass du da warst, um auf mich aufzupassen und mich aus dieser Hölle zu befreien. Froh und unendlich dankbar.“ Ich lege meine Hand auf seine und drücke sie. Anstelle einer Antwort zieht er meine Hand an seine Lippen und haucht einen Kuss auf meine Knöchel.

Etwas beginnt, heftig in meinem Bauch zu flattern, als ich seine warmen Lippen an meinen Fingern spüre.

Ich blicke aus dem Fenster, mein Herz pocht. Leon hält meine Hand fest umschlossen und lässt sie während der gesamten Fahrt nicht wieder los.

Kapitel 14

Es ist immer noch stockdunkel, wir sind schon seit Stunden unterwegs und sind noch auf keine Ortschaft gestoßen. Die Wüste scheint endlos zu sein.

„Der Tank wird langsam leer“, knurrt Leon plötzlich.

„Gibt es keinen Ersatzkanister mit Benzin im Kofferraum?“

„Keine Ahnung, hab‘ nicht nachgesehen.“

Klar, er war ja damit beschäftigt, die Wachen umzubringen, da kann man nicht verlangen, dass er den Fluchtwagen vorher einem TÜV-Check unterzieht. Saublöde Frage von mir.

„Aber selbst wenn es einen gibt, kommen wir damit auch nicht weit“, sagt er. „Was wir brauchen, ist ein …“

„Haus!“, rufe ich.

„Was?“

„Ein Haus! Dort hinten!“ Ich deute aus dem Seitenfenster. Am Horizont erhebt sich etwas in der Dunkelheit, das wie ein Gebäude aussieht. Das Licht der Sterne ist hier draußen zwar viel heller als in der Stadt, aber ich kann trotzdem nicht genau erkenne, ob es sich wirklich um ein Gebäude handelt.

„Vielleicht ist es auch bloß ein Felsen“, sage ich, während Leon sich rüberlehnt, um einen Blick aus meinem Fenster zu werfen. Sein Duft umfängt mich unerwartet und haut mich um. Wir haben beide zwei Tage lang hart gearbeitet und nicht geduscht, aber das stört mich seltsamer Weise überhaupt nicht. Leon riecht verführerisch männlich und an seinem Hemd hängt tatsächlich noch ein Hauch seines Eau de Toilettes.

„Moschus und Sandelholz?“

Er dreht mir fragend den Kopf zu.

„Dein Eau de Toilette. Moschus und Sandelholz. Was

verwendest du?“

Verdutzt schaut er mich an. Ich spüre, wie mir die Röte in die Wangen schießt. Dieser Mann hatte seine Hand zwischen meinen Schenkel, warum erröte ich jetzt wegen so einer Kleinigkeit?

„Es riecht wirklich gut“, murmele ich und meine Wangen glühen noch mehr.

Er schüttelt lachend den Kopf. „So etwas kann auch nur einer Frau auffallen.“ Dann wird er wieder ernst und deutet aus meinem Seitenfenster. „Ich glaube, das könnte wirklich ein Haus sein. Es brennt zwar kein Licht, aber schließlich ist es vier Uhr morgens.“ Er schaltet die Scheinwerfer aus und wendet den Wagen. „Lass uns nachsehen.“

Je näher wir kommen, desto sicherer bin ich, dass es sich wirklich um ein Haus handelt. Leider ist es weiter von uns entfernt, als auf den ersten Blick angenommen, und uns geht das Benzin aus, bevor wir das Haus erreichen. Es bleibt uns nichts anderes übrig, als zu Fuß weiterzugehen.

Wir steigen aus, die kühle Nachtluft schlägt uns entgegen und ich schlinge fröstelnd meine Arme um meinen Körper. Mein Adrenalinspiegel ist gesunken, ich fühle die Erschöpfung. Der letzte Rest meiner Bluse hängt in armseligen Fetzen an meinen Schultern und wärmt mich kein bisschen. Leon schultert die Maschinenpistolen.

„Ist dir kalt?“

Wie selbstverständlich legt er den Arm um mich und zieht mich an seine Seite, als wir losgehen. Stark und warm, er fühlt sich so gut an. Tut er es, damit ich nicht friere, oder weil er mich gern berührt? Egal, ich schmiege mich an ihn, genieße seine Berührung so sehr, dass ich mir fast lächerlich vorkomme, wie ein verliebtes Schulmädchen.

Himmel, was denke ich da? Bin ich etwa dabei, mich in Leon zu verlieben?

Ich blinzele zu ihm hinauf, während wir durch die

Wüste marschieren. Im Licht der Sterne sehe ich ihn bloß schemenhaft, seine imposante Größe, die breiten Schultern, über die jetzt drei Maschinenpistolen hängen, und sein kantiges Gesicht. Mein Blick wandert hinunter zu seiner warmen, großen Hand, die beschützend um meine Taille liegt.

Wem mache ich hier etwas vor? Ich habe mich längst in ihn verliebt.

Oh Gott, Katie, was bist du für eine Idiotin! Dieser Mann bedeutet Ärger. Riesenärger.

Trotzdem flattert mein Herz unbeherrschbar.

Als wir uns dem dunklen Gebilde nähern, sehe ich, dass es eigentlich zwei Gebäude sind: Ein Wohnhaus und eine Scheune. Eine Schotterstraße führt zum Wohnhaus, in der Scheune steht ein uralter Pick-up. Der Garten ist verwildert, Metallabfall liegt rostend im Gras, und das Wohnhaus sieht ärmlich und heruntergekommen aus. Die Scheue ist nicht mehr als eine Wellblechhütte.

Im Haus ist es dunkel, nichts deutet darauf hin, dass die Bewohner wach sind. Leon führt mich hinter die Scheune, wo wir uns niederkauern.

Lautlos nimmt er zwei Maschinenpistolen von seinem Rücken, entsichert sie und reicht sie mir. Die Dritte behält er für sich.

„Was hast du vor?“, hauche ich und umklammere die beiden Waffen.

„Ich werde mich im Haus umsehen“, raunt er mir zu und überprüft die Kampfmesser in seinem Gürtel. „Vielleicht gibt es ein Telefon da drin.“

„Was ist, wenn jemand im Haus ist? Was, wenn sie aufwachen?“

Wortlos legt Leon seine Hand an den Griff eines Messers. Ich schlucke trocken.

„Wenn ich in zehn Minuten nicht zurück bin, dann verschwindest du hier“, flüstert er. Mein Inneres verkrampft sich bei seinen Worten. „Geh auf keinen Fall zurück zum Wagen. Folg dem Schotterweg, bis du auf eine Hauptstraße kommst und versuch von dort aus, Hilfe zu finden. Hast du mich verstanden?“

Ich nicke und presse die Lippen zusammen. Er macht sich bereit, zu gehen.

„Leon?“

Ein aufmerksamer Blick von ihm.

„Pass auf dich auf.“

Seine Hand umgreift meinen Nacken, zieht mich an sich, er küsst mich, kurz und hart. Dann erhebt er sich, so lautlos wie ein Raubtier, und verschwindet in der Dunkelheit.

Ich halte die beiden Maschinenpistolen umklammert, lehne an der Wellblechhütte und lausche angestrengt. Die Nacht ist vollkommen still, so still, dass sie mir Angst macht. Vorsichtig spähe ich um die Ecke. Noch immer brennt kein Licht im Haus, noch immer höre ich kein Geräusch.

Vielleicht ist gar keiner zu Hause? Oder Leon hat sie schon umgebracht. Ich erschauere bei dem Gedanken. Würde er wirklich unschuldigen Menschen im Schlaf die Kehle durchschneiden?

Ich warte, die Minuten kriechen langsam dahin. Was soll ich tun, wenn er nicht zurückkommt? Wie groß sind meine Überlebenschancen, wenn ich seinen Rat tatsächlich befolge und versuche, eine Hauptstraße zu finden?

Als ob ich einfach abhauen und ihn hier zurücklassen würde. Ob ich mich ins Haus schleichen und ihn suchen soll?

Bestimmt haben die Waffenhändler unser Verschwinden längst bemerkt und sind auf der Suche nach uns. Garantiert sind sie verdammt sauer, schließlich hat Leon einen Berg Leichen hinterlassen. Oh Gott, ich hoffe, dass wir genug Vorsprung haben, und dass es in dem Haus ein Telefon gibt, mit dem wir Hilfe rufen können.

Solange es dunkel ist, werden die Waffenhändler

unseren Geländewagen nicht so schnell aufspüren. Mein Blick flackert sorgenvoll zum Horizont, an dem sich schon ein Silberstreifen zeigt. Uns läuft die Zeit davon.

Ich erschrecke fast zu Tode, als sich eine Hand auf meine Schulter senkt. Leon geht mit animalischer Geschmeidigkeit neben mir in die Hocke.

„Du hast mir fast einen Herzinfarkt verpasst", keuche ich, meine Hand auf meine Brust gedrückt. Mein Herz hämmert gegen meine Rippen, als wollte es zerspringen.

Leon nimmt mir die beiden Schusswaffen ab, sichert und schultert sie.

„War jemand zu Hause?", flüsterte ich, während sich mein Puls langsam wieder beruhigt.

„Ein altes Ehepaar."

Ich starre ihn an. „Du hast sie doch nicht …?"

„Sie schlafen tief und fest in ihren Betten", knurrt er leise. „Ich habe bloß ihr Telefon benutzt. Und das hier mitgehen lassen." Er hält mir eine Flasche hin.

Ich starre ungläubig auf das Etikett. „Rotwein?"

Er schmunzelt. „War nichts anderes da."

„Hast du die Polizei gerufen?"

„In Mexiko?" Er schüttelt den Kopf. „Ich habe meine Einheit kontaktiert. Für Situationen wie diese hat jeder von uns eine Notfallnummer und einen Zahlencode. Wenn keine Zeit für lange Erklärungen bleibt, genügt es, die Nummer zu wählen und den Code einzugeben. Sie orten meine Position über das Telefon. In spätestens zwei Stunden sollten sie hier sein."

„Wer ‚sie'?"

Leon grinst gefährlich. „Die Kavallerie."

Er zieht mich auf die Beine und führt mich in die Scheune. Hinter dem Pick-up stehen ein Regal mit Werkzeugen und Arbeitsgeräten, und eine alte Werkbank. Im Dunkeln wirkt die Scheune wie eine Höhle. „Wir werden hier warten", sagt er, zieht eine Decke von der Ladefläche des Wagens und breitet sie hinter dem Wagen auf dem Boden aus. Wir setzen uns darauf, der Pick-up schützt uns vor fremden Blicken. Selbst wenn es draußen langsam heller wird, wird man uns hier nicht sofort entdecken.

Leon lehnt sich an die Wand der Scheune und streckt seine langen Beine aus. Ich rutsche unruhig auf der Decke hin und her. Seine Hand greift im Dunkeln nach meiner.

„Was ist mit dir?“ Seine Stimme klingt rau, wie eine Liebkosung.

„Glaubst du, die Waffenhändler sind uns schon auf den Fersen?“

„Garantiert.“

Ich erstarre. Wie kann er das bloß so cool sagen?

„Sie werden die Gegend nach dem Fluchtwagen durchkämmen. Mit etwas Glück finden sie ihn erst, wenn wir schon längst wieder auf dem Weg nach L.A. sind.“ Etwas in seinem Ton klingt nicht überzeugt. Leon richtet sich auf, zieht ein Messer aus seinem Gürtel und schlägt der Rotweinflasche sauber den Hals ab.

„Tut mir leid, ich habe keinen Korkenzieher. Verletz dich nicht.“ Er reicht mir die Flasche. Um mich nicht am Glas zu schneiden, hebe ich die Flasche hoch und schütte mir ein wenig Wein direkt in den Mund.

Ich mag Alkohol nicht besonders, aber dieser Rotwein ist genau das, was ich jetzt brauche.

„Und wenn wir kein Glück haben?“, frage ich und nehme noch einen großen Schluck. „Was verheimlichst du mir?“ Ich glaube zu erkennen, wie er im Dunkeln die Lippen schürzt. Der Wein wärmt mich, und weil ich halb verhungert, dehydriert und völlig erschöpft bin, schießt mir der Alkohol direkt ins Blut. Mein Kopf beginnt, sich zu drehen. Ich reiche Leon die Weinflasche und stütze mich dabei ab, um nicht das Gleichgewicht zu verlieren.

„Vielleicht haben sie ihre Fahrzeuge mit GPS-Peilsendern ausgestattet. Wenn unser Fluchtwagen so ein Ding hat, dann wird es sie direkt zu uns führen.“

Ich verstumme. Der Wagen steht mit leerem Tank nur ein paar Kilometer entfernt. Und wir hocken hier im einzigen Haus weit und breit.

„Werden sie nicht vermuten, dass wir uns hier verstecken? Sollten wir nicht besser … was weiß ich, uns irgendwo in der Wüste ein Versteck suchen, bis deine Leute auftauchen?"

Er schüttelt den Kopf und nimmt ebenfalls einen Schluck Wein. „Vertrau mir, hier haben wir größere Überlebenschancen. Diese Scheune können wir wie ein Fort verteidigen, wenn wir angegriffen werden. Dann müssen wir nur durchhalten, bis das UWC eintrifft. Aber draußen in der Wüste stehen wir auf dem Präsentierteller, vor allem, weil die Sonne bald aufgeht."

Ich beiße mir auf die Unterlippe und schaue am Pick-up vorbei nach draußen. Tatsächlich färbt sich der Himmel langsam heller.

„Hoffentlich kommen deine Freunde bald", flüsterte ich. Das Herumsitzen und Warten macht mich unruhig. Der Alkohol dämpft meine Aufregung etwas, trotzdem fühle ich mich, als würden wir in der Falle sitzen.

Wer wird uns zuerst erreichen, Leons Kameraden oder die Männer des Waffenkartells?

„Weißt du irgendetwas über diese Waffenhändler?", frage ich, um mich abzulenken.

„Sie gehören wohl zum Lopez-Kartell, das ist die Gang, die den Waffenhandel hier im Norden dominiert. Wahrscheinlich arbeiten sie mit einem Menschenhändlerring in Südkalifornien zusammen, um sich billige Arbeitskräfte zu beschaffen. Diese Leute stecken hinter den Entführungen."

„Wäre es nicht einfacher, hier in Mexiko Leute verschwinden zu lassen?"

Er zuckt mit den Schultern. „Sie nehmen wohl, wen sie kriegen können. Bestimmt haben sie auch oft mexikanische Sklavenarbeiter."

„Wie geht es jetzt weiter? Wird deine Einheit das Kartell und den Menschenhändlerring hochgehen lassen?"

„Wahrscheinlich wird es uns nicht gelingen, sie alle

dranzukriegen.“ Seine Stimme klingt dunkel. „Aber wir werden ihnen den Arsch aufreißen, indem wir ihren Umschlagplatz dichtmachen und den Sklavenzustrom aus L.A. stoppen.“

„Ich bin froh, dass diese Entführungen endlich aufhören werden.“

„Machst du dir wirklich immer noch Sorgen um die Entführten?“, fragt er verwundert. „Obwohl die meisten dieser Männer dich ohne zu zögern brutal vergewaltigt hätten, wenn sie die Chance dazu gehabt hätten?“

„Dank dir haben sie das nicht getan.“ Ich senke den Blick, die Scheune dreht sich. „Ich habe mit ihren Familien gesprochen, Leon, jedenfalls mit denen, die noch Familie haben. Ich streite nicht ab, dass diese Männer sich wie Monster verhalten haben, aber es ist schwer zu glauben, dass kein Funken Gutes in ihnen steckt, wenn man Großmütter und Kleinkinder um sie hat weinen sehen.“

Leon erwidert nichts. Bevor ich weiß, was geschieht, zieht er mich in seine Arme, so dass ich auf seiner Brust liege. Sein Körper fühlt sich so warm und stark an, er streichelt sanft über meinen Rücken. Dann, ganz langsam, neigt er sich zu mir und küsst mich.

Seine weichen Lippen sind diesmal fordernder, er dringt mit seiner Zunge in meinen Mund ein und erforscht ihn, sanft und unerbittlich. Ein Kribbeln läuft durch meinen Körper, ich erwidere seinen Kuss und fühle mich, als würde ich in seinen Armen schweben. Mein Kopf schwirrt, herrlich und leicht. Als ich über seine Hose streiche, fühle ich, wie sehr er mich begehrt. Ich lege meine Hand auf seine Erektion, streichle ihn durch die Jeans.

Plötzlich löst er seine Lippen von meinen, packt meine Hand und zieht sie von sich weg. Ich blinzele verwirrt.

„Was du vorhin über die anderen Gefangenen gesagt hast … du hast wirklich ein großes Herz“, murmelt er. Seine Stimme klingt merkwürdig belegt. Was geht in ihm vor?

„Hältst du mich deswegen für naiv, für eine hoffnungslose Weltverbesserin?"

Er schüttelt den Kopf. „Ich frage mich … wenn du sogar in diesen Männern etwas Gutes sehen kannst … wie denkst du dann über mich?"

Ich hebe überrascht den Kopf. „Was meinst du?"

Er lässt seinen Atem mit einem Zischen entweichen. „Ich habe vor deinen Augen eine Menge Menschen umgebracht, Katie. Es ist mein Job, aber nicht viele Frauen können damit umgehen." Er klingt ernst. Ich habe das Gefühl, dass ihm etwas auf der Seele brennt. „Würdest du auch dann hier in meinen Armen liegen, wenn du die Wahl hättest?", platzt er schließlich heraus.

Ich stutze verwundert. „Aber ich habe doch die Wahl, Leon", flüstere ich. „Du zwingst mich nicht dazu, mit dir hier zu sein."

Er lacht, freudlos und hart. „Stimmt. Du könntest auch in die mexikanische Wüste hinausrennen und darauf warten, dass du entweder verdurstest, oder dass das Kartell dich abknallt. Was für eine Wahl soll das sein? Dir bleibt doch gar nichts anderes übrig, als hier bei mir zu bleiben, wenn du überleben willst."

Ich stütze meine Hände auf seiner Brust auf und sehe ihm ins Gesicht. „Du glaubst, ich ertrage deine Zärtlichkeiten und erwidere deine Küsse, nur damit du mich beschützt?"

„Ich wünsche mir, dass es nicht so ist", flüstert er. Dann schlingt er seine Hand in mein Haar und zwingt mich, ihn anzublicken. „Du musst doch eine gefährliche Bestie in mir sehen. Fürchtest du dich vor mir, Katie? Denkst du, du müsstest mich bei Laune halten, damit ich dir meinen Schutz nicht entziehe?"

Ist er denn verrückt geworden? Ich umfasse sein mächtiges Handgelenk, mit dem er meinen Kopf festhält. „Was redest du für einen Unsinn? Ich will hier bei dir sein! Na ja, vielleicht nicht ausgerechnet *hier*, aber auf jeden Fall bei dir", füge ich hinzu und wage ein kleines Lächeln.

Seine Stimme klingt gepresst. „Dann könntest du … über das hinwegsehen, was ich tue?"

Ich schüttele den Kopf, und seine Miene vereist. „Natürlich kannst du das nicht", murmelt er tonlos. Abrupt lässt er meinen Kopf los. „Du musst dich mir nicht hingeben, nur damit du aus dieser Sache herauskommst. Ich werde dich hier rausholen, egal, was du tust, selbst wenn …"

Ich lege meinen Finger sanft auf seine Lippen, er verstummt. Ohne ein Wort zu sagen, richte ich mich langsam auf, hebe mein Bein über ihn und setze mich rittlings auf ihn. „Ich kann nicht darüber hinwegsehen, was du tust, weil du dadurch mein Leben gerettet hast", flüsterte ich. Dann nehme ich sein Gesicht zwischen meine Hände und küsse ihn, so hingebungsvoll wie ich nur kann.

Leon zögert überrascht, doch das Zögern hält nur wenige Augenblicke an. Dann erwidert er meinen Kuss, zuerst ungläubig, aber mit wachsender Leidenschaft. Er schlingt seine Arme um mich und drückt mich an sich, während er mich hungrig küsst, wie ein Ertrinkender, der sich ans Überleben klammert. Seine Umarmung ist hart und unnachgiebig, ich glaube nicht, dass ich ihm jetzt entkommen könnte, aber ich will es auch gar nicht. Alles, was ich will, ist Leon, seine heiße Leidenschaft, die verzehrende Sehnsucht, mit der er mich küsst, als wäre ich die einzige Frau auf der Welt für ihn.

Vielleicht bin ich das ja auch, nachdem, was er gerade gesagt hat, möchte ich es fast glauben.

Was denke ich da nur? Der Wein und Leons Küsse verwirren mich, seine kraftvolle Umarmung, diese tödlichen Muskeln. Meine Finger nesteln ungeschickt an den Knöpfen seines Hemds, er reißt mir den letzten Rest meiner Bluse vom Körper und umfasst meine Brust. Während er seine Lippen weiter heiß und hungrig auf meine presst, lässt er seinen Daumen zärtlich und herausfordernd über meine Knospe kreisen, bis meine

Nippel sich aufrichten. Ich zerre ihm ungeduldig das Hemd vom Körper, er gibt mich für einen Augenblick frei, gerade lang genug, um sich hastig aus dem Stoff zu schälen.

Himmel, was ist sein nackter Oberkörper für ein Anblick! Breit und durchtrainiert, die Muskelstränge spielen unter seiner Haut. Er zieht mich an sich, seine Hände finden den Verschluss meines BHs auf meinem Rücken und öffnen ihn binnen eines Herzschlags. Die helle Spitze fällt von meinem Körper, Leons Blick richtet sich auf meine Brüste, seine Augen werden dunkler.

„Du bist so wunderschön“, murmelt er, beugt sich zu mir und beginnt, meine Brüste mit seinem Mund zu liebkosen. Ich schlinge meine Hände in sein kurzes, dichtes Haar, während seine Zunge neckend um meine Brustwarzen kreist.

Ich fühle, wie hart er unter mir geworden ist und fange an, mein Becken zu bewegen, mich an ihm zu reiben. Meine Hände gleiten über seine muskulöse Brust, über das stählerne Sixpack auf seinem Bauch, hinunter zu der feinen Linie von Haaren, die sich von seinem Bauchnabel nach unten zieht und in seiner Hose verschwindet.

Ich öffne den Knopf seiner Jeans und sehe ihm in die Augen. Sein Blick lodert dunkel vor Leidenschaft.

„Das wollte ich schon in der Zelle mit dir tun“, flüstere ich. Es ist verrucht, ich erkenne mich nicht wieder, so verhalte ich mich normalerweise nicht! Aber Leon bringt mein Blut zum Kochen, ich fühle ein schmerzhaftes Verlangen zwischen meinen Beinen, drängend und heiß, von dem nur er mich erlösen kann.

„Was wolltest du mit mir tun?“ Seine Stimme ist ein heiseres Knurren. Oh, dieser furchtbare Kerl! Er weiß genau, was ich meine, aber er will es mich sagen hören. Macht ihn das an?

Ich beuge mich zu ihm, mein Busen berührt seine Brust, ich umfasse sein Gesicht und streife mit meinen Lippen über seine Wange bis zu seinem Ohr. „Dich reiten“, flüstere ich.

Seine Antwort ist eindeutig, seine Hände gleiten über meine Oberschenkel zu meinem Hosenbund und reißen den Knopf auf. Ich richte mich auf, er zieht die Jeans von meinen Beinen. Ich kicke sie von mir weg, knie mich wieder über ihn, seine Hände umfassen meinen Hintern und er beginnt, ihn zu kneten, während er meinen Bauch küsst. Es fühlt sich so gut an! Ich spiele mit meinen Fingern in seinem Haar, lege den Kopf in den Nacken und stöhne leise. Dann bäume ich mich plötzlich auf, als ich seine Hand zwischen meinen Beinen spüre.

Er fühlt meine Feuchtigkeit durch mein Höschen und knurrt zufrieden. Seine Finger schieben meinen Slip beiseite und streicheln über meine Schamlippen, kreisen mit sanftem Druck über meiner Scheide, treiben mich in den Wahnsinn.

„Das wollte ich auch schon in der Zelle mit dir tun“, knurrt er, als ich mich unter seiner Berührung winde.

Ich halte es nicht mehr aus. Mein Körper steht so in Flammen, dass ich verrückt werde, wenn ich ihn nicht in mir spüre! Als könnte er meine Gedanken lesen, schiebt er einen Finger in mich hinein. Er lässt ihn langsam in mir kreisen, der Druck seiner Hand auf meiner Scham fühlt sich köstlich an. Ich reibe mich an seiner Hand, um das herrliche Gefühl zu verstärken.

Er beobachtet mich hungrig, meine Lust macht ihn an. Dieser besitzergreifende Blick! Ich presse mich an ihn, während er mich weiter reizt, Himmel, ich könnte direkt an seiner Hand kommen!

Er küsst mich, hart und verlangend, und zieht seine Hand zurück. Dann entledigt er sich seiner Jeans und seiner Shorts, ich schlüpfe aus dem Höschen. Meine Augen weiten sich, als ich seine Erektion sehe. Ich habe seinen Schaft ja schon durch die Jeans gespürt, ich wusste, dass er gut bestückt sein muss, aber was ich sehe, verschlägt mir für einen Moment den Atem.

Er bemerkt meine Reaktion und zieht mich an sich.

„Keine Angst“, murmelt er rau. „Ich werde zärtlich sein. Ich werde dir nicht wehtun.“

Meine Scham pocht heiß, als sein Geschlecht gegen meinen Bauch drückt. Ich stütze mich auf seiner Brust ab, versuche, für einen Moment einen klaren Kopf zu kriegen.

Sollte ich das wirklich tun, hier, in einer Scheune? Mit einem Mann, den ich kaum kenne? Zugegeben, einem Mann, der mich um den Verstand vögeln könnte, wenn ich es nur zulasse – aber verdammt, ich weiß doch gar nichts über Leon!

„Ich … verhüte hormonell.“ Noch wegen Greg. Ich kann nicht glauben, dass ich bis vor einer Woche mit ihm zusammen war! Jetzt sitze ich irgendwo in Mexiko nackt auf einem fremden Mann, von dem ich nichts weiter weiß, als dass er eine Killermaschine ist. Hätte mir das jemand vor zwei Tagen gesagt, ich hätte ihn für verrückt erklärt. „Sollten wir uns nicht … du weißt schon, schützen?“

Leons Hände streichen über meinen Rücken. „Das UWC unterzieht uns alle drei Monate einem strengen Gesundheitscheck. Sie wollen sichergehen, dass wir topfit und einsatzbereit sind. Ich bin ebenso gesund wie du.“

„Woher willst du wissen, dass ich gesund bin?“

Er schmunzelt verwegen. „Ich bereite mich gründlich auf jeden Einsatz vor. Ich kenne deine Krankenakte, Katie. Masern mit fünf, eine Mandeloperation mit dreizehn, ein gebrochener Arm mit sechzehn.“ Er küsst die kleine Narbe auf meinem linken Handgelenk, die von dem Bruch damals zurückgeblieben ist, und die er im Dunkeln unmöglich sehen kann. Dann grinst er mich schelmisch an. „Deine Blutbefunde sind in Ordnung, aber du lässt die Routinekontrollen beim Zahnarzt schleifen.“

Sprachlos starre ich ihn an, dann boxe ich ihn empört gegen den Oberkörper. Das heißt, ich versuche, ihn empört zu boxen, aber er fängt meine Faust mit Leichtigkeit ab, bevor ich ihn erwische. „Du bist furchtbar! Was weißt du sonst noch alles über mich?“

Er zwingt meine geballte Faust mit sanfter Gewalt zur

Seite, seine Hand umgreift meinen Nacken. „Du bist mein Auftrag, Katie.“ Dann küsst er mich, mit derselben heißen Leidenschaft, die meinen Körper wieder in Flammen setzt.

Ich erwidere seinen Kuss, alles Zögern ist jetzt weggefegt. Ich sitze mit gespreizten Beinen auf ihm, reibe mich an seinem Schaft, der hart wie Stein vor mir aufragt.

„Sag mir, was du mit mir tun wolltest, als wir noch in der Zelle waren“, raunt er heiser an meinen Lippen. Seine Hände umfassen und kneten meinen Hintern.

„Genau das“, erwidere ich keuchend. Ich beuge mich über ihn, meine Brüste hängen vor seinem Gesicht, er kann nicht widerstehen und nimmt eine Knospe in seinen Mund, umschließt sie mit seinen Lippen und saugt daran. „Ich wollte mich auf dich setzen und dich in mir spüren“, flüstere ich, meine Lippen streifen sein Ohr.

„Dann tu es jetzt.“ Seine Hände packen mein Becken, er führt mich über seinen Schwanz, bis ich seine Eichel an meinem Eingang spüre. Ich lasse mein Becken kreisen, verteile meine Feuchtigkeit auf ihm, reize ihn, bis er gequält unter mir zuckt.

„Du treibst mich in den Wahnsinn“, keucht er.

Ein überlegenes Grinsen erscheint auf meinem Gesicht. Seine Augen blitzen auf, ich hätte ihn nicht herausfordern sollen. Er hält mein Becken gepackt und schiebt mich langsam, aber unnachgiebig nach unten, so dass sein harter Schwanz in mich eindringt.

Ich ziehe scharf die Luft ein, als seine Größe mich ausfüllt, aber es ist ein herrliches Gefühl. Leon lässt seine Hände an meinem Becken ruhen, wartet, bis ich mich an ihn gewöhnt habe, obwohl ich deutlich spüre, wie sein Schaft in mir vor Begehren zuckt. Er ist so groß, dass er mir wehtun könnte, wenn er wollte.

Vorsichtig beginne ich, meine Hüften zu kreisen. Leon stöhnt leise auf, seine Hände an meinem Becken begleiten meine Bewegungen, aber er überlässt es mir, das Tempo und die Intensität zu bestimmen.

Ich spüre, wie sein Schaft mich dehnt, wie mein Körper

weich wird und ihm nachgibt. Es fühlt sich herrlich an, ihn endlich in mir zu spüren! Ich beginne, mein Becken rhythmisch vor und zurück zu bewegen, beginne ihn zu reiten, genau so, wie ich es mir in Gedanken ausgemalt habe.

Nur hat es sich in meiner Vorstellung nicht annähernd so gut angefühlt.

Meine Bewegungen werden schneller, jetzt packt Leon meine Hüften fester und schiebt mich im Rhythmus meiner Bewegungen gegen seinen Schwanz.

„Oh, Baby", keucht er. „Du bringst mich um den Verstand."

Ich reite ihn heftiger, bis ich kurz davor bin, zu kommen. Plötzlich packt mich Leon, legt mich auf den Rücken und ist über mir, ehe ich überrascht aufkeuchen kann. Er drängt sich zwischen meine Beine und stützt sich auf der Decke ab, damit ich nicht das gesamte Gewicht seines massiven Körpers tragen muss. Dann packt er mein linkes Bein in der Kniekehle und drückt es auf die Seite, so dass ich weit geöffnet unter ihm liege. Mit einem besitzergreifenden Stoß dringt er in mich ein.

Ich schreie und kralle meine Finger in seinen Rücken. Er erstarrt.

„Tue ich dir weh?"

Ich bringe es fertig, den Kopf zu schütteln. „Mach weiter …", krächze ich heiser. „Bitte, hör nicht auf!"

Er senkt seinen Kopf und küsst mich so zärtlich, dass mir die Luft wegbleibt. Dann beginnt er, heftig in mich zu stoßen. Ich dränge mich ihm entgegen, umklammere seine muskulösen Schultern, um seinen kraftvollen Stößen standzuhalten. Ich spüre seinen mächtigen Körper über mir und ahne, dass er seine wahre Stärke zurückhält, um nicht zu grob zu mir zu sein.

Er legt seinen Arm quer über meinen Oberkörper, drückt mich zu Boden und knetet meine Brust. „Ich wollte dich vom ersten Moment an, als ich dich gesehen habe", keucht er. „Am liebsten hätte ich dich gleich auf Bobs

Schreibtisch genommen."

Ich stöhne. „Was?"

„Du warst so scharf, ich wollte dich auf die Tischplatte werfen und dir meinen Schwanz bis zum Anschlag reinrammen."

Ich stelle mir vor, dass er es getan hätte – mich überwältigt und gevögelt, mitten im Büro meines Chefredakteurs.

Es macht mich ungemein an.

Seine Stöße werden immer schneller, sein Atem geht heftiger. Die Erregung, die sich in mir aufbaut, wächst in Unermessliche … ich umklammere ihn, als ich meinen Orgasmus herannahen spüre, er erstickt meinen Schrei mit einem Kuss, und während die Wogen der Erfüllung über meinen Körper hinweg rollen, fühle ich, wie er sich zuckend in mich ergießt.

Keuchend sinke ich zurück, genieße das pochende Echo zwischen meinen Beinen, das Gefühl, ihn in mir zu spüren, und seinen großen, warmen Körper über mir. Er küsst mich, lang und sanft. Dann dreht er sich auf den Rücken und zieht mich in seine Arme. Mein Kopf ruht auf seiner Brust, ich höre seinen kräftigen Herzschlag.

„Wow", murmele ich.

Seine Fingerspitzen streicheln über meinen Rücken. „Das war das Warten definitiv wert."

Ich blinzele ihn an und pruste los. „Welches Warten? Wir kennen uns gerade mal seit zwei Tagen!"

Und ich hatte gerade den besten Sex meines Lebens mit diesem Mann! Oh, Mist, ich bin offiziell ein Flittchen.

„Ich weiß eben, was ich will", schmunzelt er. „Und dass ich dich wollte, wusste ich vom ersten Augenblick an."

„Als wir uns in Bobs Büro vorgestellt wurden?" Ich lecke mir nachdenklich über die Lippen. Der Anblick fasziniert ihn. „Das können wir übrigens nachholen."

„Was denn?", fragt er rau.

„Die Sache auf Bobs Schreibtisch." Meine Stimme

klingt verrucht, so kenne ich mich gar nicht.

Wortlos ergreift er meine Hand und führt sie an seinen Schwanz. Er wird schon wieder hart.

„Lieber Himmel, was verabreichen die euch in deiner Einheit?“

„Nichts, das bist nur du, Baby“, knurrt er, bedrohlich und verführerisch. „Pass lieber auf, was du mir versprichst, mein Liebling, ich könnte dich beim Wort nehmen.“

Mein Liebling? Ich blicke erstaunt auf, mein Herz pocht. Dann kehren meine Gedanken zu seinen Worten von vorhin zurück.

Im Ernst, Sex auf Bobs Schreibtisch?

Plötzlich berührt Leon mein Gesicht, streichelt mit seinen Fingern zärtlich über meine Wange. „Du bist so wunderschön“, flüstert er. Sein Blick ist so intensiv, dass ich erröte.

Ich liege nackt bei ihm, nachdem er mich voller Ekstase gevögelt hat, und jetzt werde ich rot, nur weil er mich so anschaut? Was stimmt nicht mit mir?

„Ich kann nicht glauben, dass du wirklich hier bist“, murmelt er leise. „Du verschwindest nicht, oder?“

Ich schüttle den Kopf, verwundert über die unerwartete Sehnsucht in seiner Stimme. „Nein.“

Er drückt mich sich, bettet meinen Kopf wieder auf seiner Brust und streichelt über mein Haar. „Ich will nicht, dass du gehst“, flüstert er, so leise, dass ich es kaum hören kann.

„Ich gehe nirgendwo hin“, erwidere ich. Ich wäre ja verrückt, einen Mann wie ihn jemals wieder zu verlassen. Wie kommt er überhaupt auf diesen merkwürdigen Gedanken? Er ist ebenso absurd wie seine Vorstellung, dass ich ihn nicht wollen würde, weil er ein tödlicher Kämpfer ist.

Plötzlich keimt ein Verdacht in mir.

„Wer war sie?“ Ich liege still in seinen Armen und warte. „Die Frau, die dir das Herz gebrochen hat?“

Leon schweigt eine Weile, dann atmet er tief durch.

„Meine Ex-Verlobte“, murmelt er schließlich. „Sie ist nicht mit dem klargekommen, was die Kriegseinsätze und die Gefangenschaft aus mir gemacht haben. Sie hat … nur noch das Monster in mir gesehen, nicht mehr den Mann.“ Er streichelt mich voller Zärtlichkeit. „Sie hätte nie ertragen, was du ertragen hast, was du mich hast tun sehen … und trotzdem willst du mich noch.“ Da ist immer noch ein ungläubiger Ton in seiner Stimme.

„Was heißt hier *trotzdem*?“, frage ich leise. „Gerade deswegen.“

„Du willst mich, weil ich ein Killer bin?“

Ich hebe den Kopf und sehe ihn an. „Ich will dich, weil du dein Leben riskiert hast, um mich zu beschützen. Ich kenne nicht viele Männer, die so weit gegangen wären wie du, nur damit ich in Sicherheit bin. Nicht einmal Männer, die sich einmal als mein Freund bezeichnet haben“, füge ich ein wenig verbittert hinzu.

Leon brummt. „So wie Greg?“

„Was weißt du denn über Greg?“, frage ich verblüfft.

Er zuckt mit den Schultern. „Seine Adresse, Sozialversicherungsnummer, sein Vorstrafenregister, wie viel Steuern er zahlt – und dass er dein Freund ist.“

„Ex-Freund. Wir haben letzte Woche Schluss gemacht.“

„Ah.“ Leons Gesicht hellt sich auf. Dann setzt er eine bedrohliche Miene auf. „Hat der Dreckssack dir was getan? Soll ich ihm einen Besuch abstatten?“

Ein warmes Gefühl breitet sich bei seinen Worten in meinem Inneren aus. „Nicht nötig, aber danke fürs Angebot.“

Er stupst mich an. „Im Ernst. Warum habt ihr Schluss gemacht? Was hat er getan?“

Ich seufze. „Gar nichts, eigentlich. Das war ja das Problem. Er war ein Weichei.“

Leon lacht. Dabei sieht er so attraktiv aus, dass mein Herz hüpft. „Und ein Vollidiot, offensichtlich. Kein Mann mit Verstand würde eine Frau wie dich gehen lassen.“

Ich kuschele mich an ihn. „Wie viel weißt du denn noch über mich?“

Die Tatsache, dass er von Greg weiß, gibt mir zu denken. Auf welche Informationen hat er durch seine Behörde noch Zugriff?

„Deine Adresse, frühere Arbeitgeber, Kreditkartenabrechnungen, Telefonverbindungsnachweise … solche Dinge. Das sind Routine-Durchleuchtungen, die wir bei allen Zielpersonen machen. Schließlich bist du in eine laufende Ermittlung gegen einen Menschenhändlerring hineingestolpert, wir mussten sichergehen, dass du mit der Sache nichts zu tun hast.“

„Oh.“ Ich zeichne ein wenig befangen kleine Schlangenlinien auf seine Brust. „Das ist unfair. Ich kenne dich kaum, und du weißt schon alles über mich.“

Er schließt mich enger in seine Arme. „Ich weiß doch nur oberflächliche Dinge. Das ist nicht genug. Ich will so viel mehr über dich wissen. Erzähl mir alles!“

Ich lache überrascht auf. „Alles?“

Er nickt.

„Du zuerst“, protestiere ich.

Er lächelt, aber seine Stimme klingt ernst. „Du weißt schon alles über mich.“

„Machst du Witze? Ich habe dich gerade mal zwei Tage lang in Aktion erlebt, und das in einem Arbeitslager eines Waffenkartells. Ich weiß nichts über dich, außer, dass du riesige Kerle mit bloßen Händen umbringen kannst … und dass du mich beschützt hast“, füge ich hinzu.

Zu meinem Erstaunen nickt er. „Das ist alles“, sagt er leise. „Der Mann, den du in den vergangen zwei Tagen gesehen hast, dieser verrohte Kerl … das bin ich. Keine Maske, keine Ablenkung, nur ich.“

Leons schokoladenbraune Augen blicken mich an, im Licht der Morgendämmerung sehe ich die Anspannung in seinem Gesicht, während er auf meine Reaktion wartet. Ich fühle, dass er sich mir geöffnet hat, mir sein ehrliches, wahres Ich zeigt, in all seiner Verletzlichkeit, und dass er fürchtet, ich könnte ihn ablehnen.

Es kommt mir absurd vor, dass ich einem so starken Mann wie Leon wehtun könnte, wenn ich ihn nicht akzeptiere.

Ich lege meine Hand an seine Wange und küsse ihn zärtlich auf den Mund. „Dieser verrohte Kerl hat mir das Leben gerettet. Du hast Recht, das ist wirklich alles, was ich über dich wissen muss.“ Ich beiße ihn neckend in die Lippe. „Zumindest vorerst.“

Er erwidert meinen Kuss und streichelt über meinen Rücken, bis seine Hände meinen Po umfassen. Dann zieht er mich auf sich und ich spüre, dass er schon wieder hart ist.

„Du hast die Chance, mich jetzt gleich ein wenig besser kennenzulernen.“ Er grinst verwegen, unwiderstehlich.

„Frecher Kerl.“ Aber ich spüre, wie sich mein Unterleib sehnsüchtig zusammenzieht.

Plötzlich hebt Leon den Kopf. Ich höre sie auch, es sind mehrere Autos, die sich uns nähern.

„Sieht aus, als müssten wir das leider verschieben“, raunt er und greift nach seiner Jeans. „Meine Leute sind da.“

Unbefriedigt, aber gleichzeitig erleichtert darüber, endlich hier wegzukommen, schlüpfe ich rasch in meine Unterwäsche und die Jeans. Meine Bluse ist endgültig nicht mehr zu gebrauchen, und Leon wirft mir ungefragt sein Hemd zu. Dankbar, dass ich nicht im BH vor die Agenten einer Bundesbehörde treten muss, schlüpfe ich hinein. Es ist riesig, und es riecht nach ihm. Daran könnte ich mich gewöhnen.

Wir stehen auf, Leon mit nacktem Oberkörper neben mir, und blicken über den Pick-up hinaus. Vier schwarze Geländewagen rasen durch die Wüste direkt auf das Haus zu.

Verdammte Scheiße. Sie sehen genauso aus wie der Wagen, mit dem wir aus der Lagerhalle geflüchtet sind.

Kapitel 15

Uns bleiben vielleicht dreißig Sekunden, bis die Waffenhändler uns erreichen. Leon entsichert eine der Pistolen, drückt sie mir in die Hand, dann zieht er die Tore der Scheune zu und verriegelt sie mit einem Metallrohr. Das Licht der Morgendämmerung dringt durch die Dachfenster, ich sehe die Anspannung auf Leons Gesicht, als wir uns hinter den Pick-up drücken, die Waffen schussbereit in den Händen.

„Wie lautet der Plan?“ Meine Stimme zittert, das Herz schlägt mir bis zum Hals.

„Überleben, bis das UWC hier ist“, knurrt er. „Verdammt, ich hoffe, sie beeilen sich.“

Wir hören, wie die Geländewagen sich uns nähern, bis sie mit laufenden Motoren vor dem Haus stehen. Autotüren öffnen sich, ich halte den Atem an. Wahrscheinlich steigen die Lopez-Männer gerade aus, um das Haus zu durchsuchen.

Mir wird schlecht, alarmiert starre ich Leon an. „Was ist mit dem alten Ehepaar?“

„Wir können ihnen im Moment nicht helfen“, raunt Leon, seine Aufmerksamkeit auf das verriegelte Tor geheftet.

Sekunden vergehen, dann rüttelt plötzlich jemand am Scheunentor. Ich fahre erschrocken zusammen, doch Leons notdürftige Verrieglung mit dem Metallrohr hält dem Eindringling stand. Leon blickt über den Pick-up hinweg, die Pistole im Anschlag, bereit, auf jeden zu feuern, der versucht, durch dieses Tor zu kommen.

Was werden sie tun? Das Tor mit einem ihrer Wagen aufbrechen? Bestimmt sind sie mittlerweile mit der Hausdurchsuchung durch, sie wissen, dass wir uns in der Scheune versteckt halten müssen.

Oh Gott, hoffentlich haben sie den armen Leuten im Haus nicht angetan!

Wo bleibt nur Leons Verstärkung?

Die Stille draußen ist beängstigend. Ich spähe über den Rand des Pick-ups - und dann bricht die Hölle los.

Maschinengewehrsalven rattern los, Projektile durchschlagen die Wellblechwände und schlagen um uns herum ein. Ich kreische in Panik und werfe mich unter den Pick-up. Plötzlich zerbricht eines der Dachfenster, Scherben regnen herunter und mit ihnen landet eine Rauchgranate auf dem Boden. Sie rollt zu uns und bleibt direkt neben uns liegen.

„Komm, los, mach schon!“ Leon packt meinen Arm und zerrt mich unter dem Pick-up hervor, dann reißt er die Wagentür auf, drängt er mich auf den Sitz und startet den Motor. Mittlerweile hat sich die ganze Scheune mit beißendem Qualm gefüllt, meine Augen tränen, ich kann kaum noch etwas sehen.

„Woher hast du gewusst, dass der Schlüssel steckt -?“ Der Rauch kratzt in meiner Kehle, ich bekomme einen Hustenanfall.

„Hab‘ nachgesehen, als ich das Tor verriegelt habe“, knurrt er. „Halt dich fest!“

Er tritt das Gaspedal durch und jagt den alten Karren durch das Scheunentor.

Das Wellblech wird aufgesprengt, ein halbes Dutzend Männer mit Maschinenpistolen werfen sich aus dem Weg und wir rasen zwischen den Geländewagen der Waffenhändler durch, hinaus in die Wüste. Während Leon fährt wie der Teufel, drehe ich mich panisch im Sitz um und beobachte, wie die Männer in die Geländewagen springen und unsere Verfolgung aufnehmen.

Die Läufe von Maschinengewehren erscheinen an den Fenstern und im nächsten Moment jagen sie uns Feuersalven entgegen.

„Fahr schneller!“, schreie ich und klammere mich an die Haltegriffe, während mein Körper auf dem

Beifahrersitz hin und her geschüttelt wird, weil Leon den Pick-up so wild übers Gelände jagt.

„Die verdammte Karre gibt nicht mehr her", knurrt er, seine Fingerknöchel treten weiß hervor, während er das Lenkrad umklammert. Als die zweite Maschinengewehrsalve hinter uns losrattert, drückt er meinen Kopf nach unten in Deckung, dann packt er die Maschinenpistole auf seinem Schoß, wirbelt herum und jagt unseren Verfolgern vom Seitenfenster aus das halbe Magazin um die Ohren.

Panisch greife ich nach dem Lenkrad, um den Pick-up in voller Fahrt zwischen Felsen und Kakteen durchzumanövrieren.

„Bleib in Deckung!", brüllt Leon wütend.

„Vergiss es!", fauche ich zurück. „Du schießt, ich fahre!"

Er stößt einen Fluch aus, überlässt mir aber das Steuer und lehnt sich aus dem Fenster, um besser zielen zu können. Ich reiße das Lenkrad im letzten Moment herum, um einem Felsen auszuweichen, Leon wird gegen den Türrahmen geschleudert und lässt beinahe die Waffe fallen.

„Du bringst uns noch um!", brüllt er zornig, schießt aber schon längst wieder auf unsere Verfolger.

„Sag mir nicht, wie ich Autofahren soll!" Mann, wir hören uns schon an wie ein altes Ehepaar. Wenn ich nicht gerade von einem Waffenkartell durch die Wüste gejagt werden würde, würde ich jetzt lachen.

Leons Kugeln zischen den Mexikanern um die Ohren, ihre Salven schlagen in unsere Karosserie ein. Leon und ich sind ein gutes Team, ich halte die Karre halbwegs gerade, während Leons Feuer die Waffenhändler dazu zwingt, im Zickzack hinter uns herzufahren, um seinen Schüssen auszuweichen. Doch wir kämpfen auf verlorenem Posten. Leon hält zwar das Gaspedal durchgedrückt, aber der uralte Pick-up ist einfach viel zu langsam! Es kann sich nur noch um Sekunden handeln, bis unsere Verfolger uns einholen.

Leon wirft sich zurück in den Fahrersitz und übernimmt das Steuer. „Hol die Waffen vom Rücksitz!“

Ich greife nach hinten und fische nach den Maschinenpistolen, die während der wilden Fahrt irgendwo auf dem Boden gelandet sind. „Ich kann sie nicht erreichen“, keuche ich, strecke mich noch mehr und taste mit der Hand den Boden ab.

Da, plötzlich schließen sich meine Finger um einen Pistolenlauf, ich packe zu und zerre die Waffe zu mir nach vorn. Wortlos ergreift Leon sie, ich übernehme das Steuer, er lehnt sich aus dem Fenster und feuert die nächste Ladung auf unsere Verfolger ab.

Als das Magazin leer ist, zieht er sich rasch wieder ins Wageninnere zurück. „Sie sind zu nah!“, knurrt er. „Sie werden uns gleich …“

Im nächsten Moment zerschmettert eine Gewehrsalve unsere Heckscheibe, ich kreische erschrocken und ducke mich instinktiv, Leon greift geistesgegenwärtig nach dem Lenkrad. Oh mein Gott, jetzt werden sie uns umbringen! Ich halte den Kopf geduckt, suche verzweifelt Deckung hinter der Rückenlehne, während der Pick-up über den unebenen Boden rattert. Leons Kiefermuskeln sind verkrampft, er hält den Wagen unter Kontrolle, aber ich sehe seinem Blick an, dass auch er weiß, dass wir verloren sind.

„Wir haben noch eine Waffe“, knurrt er, mit tödlicher Entschlossenheit in der Stimme. „Kannst du sie erreichen?“

Ich nehme meinen Mut zusammen und taste nach hinten, meine Hand sucht hastig den Boden ab, bis ich endlich kaltes Metall spüre – ich ziehe die Hand zurück und starre auf die Maschinenpistole.

Leon greift danach. „Wenn sie uns einholen, dann musst du -“

„Leon!“, schreie ich schrill und deute nach vorn. Leons Kopf schießt herum und er stößt einen Jubelruf aus, als er sieht, was ich sehe.

Acht schwarze Hummer rasen wie eine Mauer aus Panzern auf uns zu, rot-blaues Einsatzlicht blinkt in ihren Fenstern. Sie wirbeln eine riesige Staubwolke auf und mähen alles nieder, was sich ihnen in den Weg stellt. Leon hält direkt auf die Hummer zu, seine Arme gestreckt aufs Lenkrad gedrückt, ein Ausdruck des Triumphs auf seinem Gesicht.

Die Reihe der Hummer teilt sich, um uns durchzulassen, Leon jagt den Pick-up zwischen den schweren Fahrzeugen hindurch, die hinter uns die Reihe schließen und weiterhin unseren Verfolgern entgegenrasen. Leon bremst unseren Wagen scharf ab, ich wende mich hastig um und beobachte, wie die Waffenhändler versuchen, kehrt zu machen, aber von den Hummern eingeholt werden. Leons Einheit kreist unsere Verfolger ein, noch ehe die Wagen zum Stillstand kommen beginnt ein heftiges Feuergefecht.

Leon drückt mich hinter der Rückenlehne hinunter, ich spüre seinen mächtigen Körper schützend über mir, während der Lärm der Schusssalven über uns hinwegprasselt. Es dauert bloß ein paar Sekunden, aber mir kommt es vor wie eine Ewigkeit, bis sich plötzlich eine unheimliche Stille über uns senkt. Kein Schuss fällt mehr, ich höre gar nichts.

Ich spüre, wie Leon sich aufrichtet und wage ebenfalls, vorsichtig durch die zerschossene Heckscheibe zu spähen.

Ich sehe Männer in Kugelschutzwesten, die aus den Hummern springen und ihre Waffen auf die überlebenden Waffenhändler richten. Sie nehmen ihnen die Maschinengewehre ab, zwingen sie, sich niederzuknien, und legen ihnen Handschellen an.

Mein Herz rast. Ist es wirklich vorbei? Ich wage nicht, das zu glauben. Leons Augen sind geweitet, das Adrenalin jagt auch durch seinen Körper, aber er sieht zufrieden aus. Grimmig, aber triumphierend. Verdammt sexy.

Vier Männer in Kugelschutzwesten rennen auf den

Pick-up zu. Leon zieht mich an sich, drückt mir einen schnellen, harten Kuss auf den Mund, dann springt er aus dem Wagen.

Ich klettere ebenfalls hinaus, verwirrt und mit zittrigen Beinen, und halte mich hinter dem Pick-up versteckt. Leon begrüßt die vier Männer, sie verlangsamen ihre Schritte, wirken erleichtert, als sie ihn sehen, und bleiben bei ihm stehen.

Alle vier sind ebenso groß wie Leon, richtige Hünen. Sie sehen verdammt durchtrainiert aus, und wirken durch ihre Cargohosen und die Kugelschutzwesten noch breiter. Außerdem sind sie bis an die Zähne bewaffnet.

„Na endlich. Was hat euch aufgehalten?“, fragt Leon mit einem abschätzigen Grinsen.

„Ein kurzer Stop für ein paar Tequilas.“ Der Kerl, der ihm antwortet, grinst ebenfalls. Er hat schulterlange, wilde, braune Locken, funkelnde Augen und bewegt sich mit spielerischer Geschmeidigkeit.

„Wo ist der Rest der Bande?“, fragt ein anderer, ein verwegen aussehender Mann mit Verbrennungsnarben im Gesicht, die unter seinem Dreitagebart hervorschimmern. Er wirkt rau und unbezähmbar, seine Stimme ist voller Autorität.

„In einer Lagerhalle, etwa vier Stunden südlich von hier“, erwidert Leon. „Es ist allerdings nicht mehr viel von ihnen übrig“, fügt er diabolisch hinzu.

„Verdammt, hättest du uns nicht auch etwas Spaß übriglassen können?“ Ein riesiger Mann mit hellblonden Haaren, eisigen Augen und einer tiefen, düsteren Stimme runzelt die Stirn. Alles an ihm strahlt eine bedrohliche, tödliche Gefahr aus. Er spricht mit einem seltsamen Akzent. Ist das … Russisch?

„Soll das heißen, wir sind den ganzen Weg hierher gefahren, nur wegen dem armseligen Haufen dort hinten?“ Der Braungelockte deutet mit gespielter Enttäuschung auf die Waffenhändler, die gerade von den anderen Einsatzkräften in die Hummer verladen werden.

„Es gibt noch etwa ein Dutzend Sklavenarbeiter in dem Lager“, sagt Leon. „Es handelt sich um die Entführten aus L.A.“

Ein anerkennender Pfiff ertönt. Er kommt von dem vierten Mann, einem Kerl mit pechschwarzen Haaren und stahlblauen Augen. „Du hast den Menschenhändlerring geknackt?“

„Das Lopez-Kartell ist einer ihrer Abnehmer“, erklärt Leon. „Die Männer, die uns entführt und hergebracht haben, waren ebenfalls Mexikaner.“ Er deutet mit dem Kopf auf die festgenommenen Waffenhändler. „Bringt sie zum Reden, dann kriegen wir auch die Menschenhändler dran.“

„*Uns* entführt?“, wiederholt der verwegene Typ mit den Brandnarben stirnrunzelnd. „Wer ist *uns?*“

Ich räuspere mich und trete hinter dem Pick-up hervor. Die Blicke der Männer schießen zu mir. Ihre Stärke schüchtert mich ein, ich gehe zögernd auf sie zu und stelle mich neben Leon.

„Das ist Katie“, sagt Leon.

Die Augen aller vier Männer wandern langsam von Leons Hemd, das mir viel zu weit ist, zu Leons nacktem Oberkörper. Sie sagen kein Wort, trotzdem beginnen meine Wangen zu glühen.

Oh mein Gott, sie wissen alles.

Leon scheint es überhaupt nicht peinlich zu sein, er bleibt souverän, die Ruhe selbst. „Katie, das sind meine Kameraden vom UWC. Remus …“ Er deutet auf den Braungelockten, der mir zuzwinkert und mir ein schiefes Lächeln schenkt. „Draco.“ Der blonde, tödlich aussehende Hüne mit dem russischen Akzent mustert mich schweigend, ohne ein Regung zu zeigen. „Hawke.“ Der verwegene Dreitagebart-Typ nickt mir ernst zu und durchbohrt mich mit seinen stechenden Augen. Sie sind grün wie Waldseen. „Und Shark.“ Der Schwarzhaarige mit den stahlblauen Augen neigt grüßend den Kopf.

„Sie ist dein Auftrag“, knurrt Hawke Leon an, so als

wäre ich gar nicht da.

„Sie ist noch am Leben“, erwidert Leon und begegnet Hawkes durchdringenden Augen mit derselben Härte. Die Blicke der beiden Männer verkeilen sich ineinander. Ich spüre, wie die Luft zwischen den beiden zu brennen beginnt. Unwillkürlich halte ich den Atem an.

„Hauen wir hier ab“, sagt Remus plötzlich, seine Stimme hat einen lockeren, fast gelangweilten Ton. „Kommt schon, ich will das Spiel heute Abend nicht verpassen.“

Die Spannung zwischen Leon und Hawke bricht. Hawke dreht sich abrupt um und stapft zurück zu den Hummern, die anderen folgen ihm.

Ich fühle mich zwischen diesen riesigen, schwerbewaffneten Männern klein und verletzlich, und würde am liebsten Leons Hand halten, aber ich traue mich nicht. Ich bin mir nicht sicher, ob er vor seinen Kameraden zu mir stehen wird.

Verdammt, was denke ich denn da? Es ist ja nicht so, als wären wir offiziell ein Paar. Okay, wir haben heißen Sex hinter uns, aber mehr nicht.

Und wie heiß der Sex war! Ich beiße mir auf die Lippen und betrachte Leons Kameraden verstohlen. Warum habe ich das Gefühl, dass sie alle genau wissen, was Leon und ich getan haben?

Remus stößt Leon scheinbar zufällig mit der Schulter an. Als dieser sich dem braungelockten Kerl knurrend zuwendet, grinst Remus bloß und hebt abwehrend die Hände. „Mann, ich sage doch gar nichts …“ Sein verschmitzter Blick flackert kurz zu mir, für einen Augenblick hat er Ähnlichkeit mit einem Lausejungen. Dann blickt er wieder geradeaus, kann aber ein Zucken in den Mundwinkeln nicht zurückhalten.

Der blonde, hünenhafte Draco geht direkt neben mir. Da ist etwas Bedrohliches, das von ihm ausgeht, eine tödliche Kälte, die in Wellen von seinem Körper ausstrahlt, und sie hat nichts mit den schweren Waffen zu tun, die er trägt. Ich dränge mich näher ein Leon heran.

Plötzlich legt Leon seine Hand an meinen Rücken. Die Berührung kommt so unerwartet, dass ich beinahe einen Satz nach vorn mache. Wie selbstverständlich lässt er seine Hand dort ruhen, beschützend und besitzergreifend, eine klare Botschaft an alle anderen Männer, zu wem ich gehöre.

Wir erreichen die Hummer, wo die anderen Agenten die Waffenhändler bereits in Gewahrsam genommen haben. Die meisten der Waffenhändler sind tot, die wenigen Überlebenden sitzen mit Handschellen gefesselt in zwei der Hummer.

Jetzt sehe ich, dass die Einsatzkräfte Polizeiuniformen tragen, also wohl nicht Leons Spezialeinheit angehören. Ich betrachte die Polizisten, und der Unterschied zwischen ihnen, und Leon und seinen Kameraden ist auf den ersten Blick offensichtlich. Obwohl auch die Polizisten mit Kugelschutzwesten ausgestattet und schwer bewaffnet sind, wirken sie neben den Männern aus Leons Einheit beinahe harmlos. Es ist, als würde man Kuscheltiere mit Raubtieren vergleichen. Ich betrachte Leons Kameraden und zweifle keinen Augenblick daran, dass alle Mitglieder dieser Spezialeinheit ebenso tödliche Killer sind wie Leon.

Wir steigen mit Draco und Remus in einen Hummer, Leon und ich sitzen auf der Rückbank. Mein Puls geht schneller, als er seinen Arm um meine Schultern legt.

Leons vertrauliche Umarmung bringt uns einen kurzen Blick aus Dracos eisigen Augen im Rückspiegel ein, der mir einen Schauer über den Körper jagt. Ich weiß, dass ich diesem Krieger nicht ausgeliefert sein will.

Wortlos richtet er seine Aufmerksamkeit wieder nach vorn und gibt Gas. Remus, der auf dem Beifahrersitz sitzt, hat ein wissendes Schmunzeln auf den Lippen, schweigt aber ebenfalls.

Uns folgen zwei Hummer mit Leons anderen Kameraden und den überlebenden Waffenhändlern. Der Rest der ‚Kavallerie', wie Leon es ausgedrückt hat, folgt

Leons Beschreibung nach Süden zum Lagerhaus, um die Gefangenen zu befreien.

Leons Finger streichen zärtlich über meinen Oberarm. Ich schmiege mich an ihn, sein nackter Oberkörper ist warm und stark, er gibt mir das Gefühl von Sicherheit. „In ein paar Stunden sind wir zuhause“, flüstert er leise.

Der Hummer rumpelt über den Wüstenboden, ich bin mir sicher, dass Draco und Remus uns nicht hören können.

„Dann ist dein Auftrag erledigt?“, frage ich leise und verschlinge zaghaft meine Finger mit seinen.

„Ja“, nickt er. „Und ich habe erbärmlich versagt.“

Überrascht hebe ich den Kopf. „Das ist doch nicht wahr! Du hast die Entführten gefunden, ganz nebenbei einen Waffenhändlerring gesprengt und … mich gerettet“, füge ich leise hinzu.

Er berührt sanft meine Wange, seine Augen funkeln. „Ich habe alle Regeln gebrochen.“

„Ich verstehe nicht …“ Bezieht er sich auf die Männer, die er getötet hat? „Du musstest diese Kerle umbringen, du hattest wirklich keine Wahl.“

Er schüttelt den Kopf. „Davon rede ich nicht, das ist Teil meines Jobs.“

„Wirst du deswegen … Schwierigkeiten bekommen?“

„Die Regierung gewährt uns für unsere Aufträge Immunität und absolute Handlungsfreiheit. Du brauchst dir um mich keine Sorgen zu machen.“

Ich reiße die Augen auf. „Soll das heißen, ihr *dürft* Leute umbringen?“

Er runzelt die Stirn. „Meine Einheit wird nicht für harmlose Routinejobs eingesetzt, Katie.“

Ich schweige betroffen. „Wenn du sogar Leute töten darfst … welche Regeln gibt es denn sonst noch, die du gebrochen haben könntest?“

„Die Wichtigste von allen, die absolute Regel Nummer eins.“ Seine Stimme ist ein raues Flüstern, er sieht mich an. „Sie lautet: Verliebe dich nie in deine Zielperson.“

Die Zeit bleibt stehen, alles um mich herum versinkt. Mein Herz macht einen aufgeregten Sprung.

Hat er *verliebe* gesagt?

Sprachlos starre ich ihn an. Er zieht mich an sich und küsst mich zärtlich, auf der Rückbank des Hummers, direkt unter den wachsamen Augen seiner Kameraden.

Kapitel 16

Das Gefühl unendlicher Erleichterung durchströmt mich, als wir die Grenze passieren und zwei Stunden später L.A. erreichen. Wir fahren aufs Polizeipräsidium, wo die Waffenhändler abgeführt werden und man Leon und mich in einen Befragungsraum bringt.

Ich habe ein mulmiges Gefühl im Bauch und bin dankbar, dass Leon nicht von meiner Seite weicht. Unruhig lasse ich mich auf einen Stuhl sinken. Der Raum ist fensterlos und kahl, bis auf einen Tisch und zwei Stühle, und eine verspiegelte Wand. An der Decke hängen Kameras.

„Sie beobachten uns, oder?“, frage ich leise. „Von der anderen Seite der Spiegelwand aus?“

Leon nickt. Er hockt sich vor mich auf den Tisch und nimmt meine Hand, streichelt beruhigend über meinen Handrücken.

„Du musst keine Angst haben, Katie, das ist nur eine Routinebefragung. Das hier sind die guten Jungs.“

„Lass mich nicht allein“, wispere ich. Zu lebendig sind die Erinnerungen an die Zelle unter der Lagerhalle, ich möchte auf keinen Fall allein hier eingesperrt sein. Wer weiß, wer durch diese Tür kommen wird.

Leon neigt sich vor und drückt einen Kuss auf mein Haar. „Ich weiß, mein Liebling. Ich bleibe bei dir, die ganze Zeit, okay?“

Ich nicke. Plötzlich muss ich Tränen zurückblinzeln, meine Finger umklammern seine große Hand. Er streichelt sanft über meine Wange.

Die Tür wird aufgerissen, ich zucke zusammen, doch es ist nur Remus, der hereinschlendert. Er grinst Leon an und wirft einen Stapel frischer Kleidung auf den Tisch. „Bereit für das Interview?“

Wird etwa Remus die Befragung durchführen? Mir fällt ein Stein vom Herzen! Leon steht auf, schält sich ohne Scham aus der Jeans und schlüpft in die schwarze Cargohose und ein eng anliegendes schwarzes Shirt. Ich finde es schade, dass sein nackter Oberkörper jetzt verhüllt ist, aber das Shirt betont seine durchtrainierten Muskeln.

„Sie haben übrigens das alte Ehepaar gefunden, in deren Scheune ihr euch versteckt hattet", sagt Remus. „Sie sind mit dem Schrecken davongekommen, aber sie weigern sich, gegen das Kartell auszusagen."

Erleichterung durchströmt mich. Ich hätte es mir nie verziehen, wenn diese unschuldigen Menschen unseretwegen verletzt worden wären.

„Ist vielleicht besser für sie, wenn sie den Mund halten", sagt Leon und schnallt den Gürtel fest. „Dann wird das Kartell nicht auf die Idee kommen, ihnen nochmals einen Besuch abzustatten."

Wieder geht die Tür auf, diesmal kommen zwei Männer in Anzügen herein, die sich als Bundesagenten vorstellen. Remus zwinkert mir zu, dann verlässt er den Raum. Ich werde unruhig und taste nach Leons Hand.

Sie ist groß und warm. Er setzt sich neben mich, die Ruhe selbst, und lässt meine Hand nicht los.

Die Befragung beginnt und Leon übernimmt das Reden. Er beschreibt knapp und sachlich unsere Entführung und was während der zwei Tage unserer Gefangenschaft geschehen ist, wobei er jedes intime Detail über uns beide auslässt. Die Bundesagenten richten auch ein paar Fragen an mich, ich beantworte sie ehrlich und stelle dabei klar, dass ich Leon mein Leben verdanke. Die ganze Befragung dauert eine knappe Stunde, dann erheben sich die beiden Agents.

„Danke für Ihre Kooperation", sagt einer der beiden und schüttelt Leon und mir die Hand. „Sie hören von uns."

Die beiden verlassen den Raum, und diesmal ist es Draco, der uns an der Tür erwartet.

„Was bedeutet das?", frage ich Leon leise. „Werden sie mir noch mehr Fragen stellen?"

„Keine Sorge, ich werde dich aus der Sache raushalten. Schließlich bist du das traumatisierte Opfer, ich werde das schon regeln. Du wirst nicht mehr von ihnen belästigt werden."

Dankbar drücke ich seine Hand. Er führt sie an seine Lippen und drückt einen Kuss auf meine Handfläche. Ein wohliges Kribbeln schießt durch meinen Körper.

„Ich muss noch eine Weile hierbleiben und einen Haufen Papierkram erledigen", sagt er leise. „Draco wird dich nach Hause bringen."

Mein Blick flackert zu dem bedrohlichen, blonden Hünen, der mich mit seinen eisblauen Augen mustert.

„Ehrlich gesagt will ich gar nicht nach Hause", sage ich schnell. „Ich muss in die Redaktion, die Story abliefern."

Leon hebt überrascht die Brauen. „Jetzt gleich?"

„Klar. Du weißt doch, was man unter Reportern sagt: Heute sind es Nachrichten, morgen ist es nur noch Geschichte. Glaubst du, ich lasse mir Bobs Gesichtsausdruck entgehen, wenn ich ihm die ganze Sache erzähle?"

„Okay." Leon kratzt sich am Kopf. „Dann wird Draco dich eben in die Redaktion begleiten."

Ich schlucke. Ich vertraue Leon, aber Draco ist mir unheimlich, ich möchte mit diesem bedrohlichen Krieger nicht allein sein.

„Das ist wirklich nicht nötig", sage ich und bemühe mich, möglichst unbekümmert zu klingen. „Ehrlich, ich nehme mir ein Taxi."

Leon zuckt mit den Schultern. „Wie du willst." Dabei flackert sein Blick fast unmerklich zu dem blonden Hünen, ich könnte schwören, dass zwischen den beiden irgendeine Art von Kommunikation vor sich geht. Draco dreht sich wortlos um und verschwindet.

Leon bringt mich hinaus auf die Straße, wo er mir ein Taxi ruft. „Brauchst du Geld?"

„Die Redaktion wird die Rechnung bezahlen.“ Ich zögere, bevor ich einsteige. Der Moment des Abschieds ist viel zu plötzlich gekommen. Was soll ich zu ihm sagen? „Werde ich dich … wiedersehen?“

Leon lächelt, gefährlich, beschützend und verdammt verführerisch. Dann küsst er mich auf den Mund. „Ich lasse dich nicht aus den Augen“, verspricht er.

Ich steige ein, er schließt die Wagentür und das Taxi fährt los. Mein Herz hämmert wie verrückt, während ich mich umdrehe und ihn durch die Heckscheibe beobachte, wie er vor dem Präsidium steht und mir nachblickt, und die zurückhaltende Stärke seiner tödlichen Fähigkeiten strahlt in Wellen von ihm aus.

Ich lasse mich wie betäubt in den Rücksitz sinken, als mir klar wird, wie sehr ich diesem Mann verfallen bin.

Bobs Augen werden immer größer, während ich ihm in seinem Büro gegenübersitze und meine Geschichte erzähle. Zum ersten Mal, seit ich bei der L.A. Post arbeite, erlebe ich meinen Chefredakteur sprachlos.

Ich bekomme die Titelstory der Abendausgabe. Es ist ein Exklusivbericht, morgen wird jeder in der Branche meinen Namen kennen. Manche Reporter hoffen ihre ganze Karriere lang auf so eine Chance. Ich habe ein zufriedenes Grinsen im Gesicht, bin aber zu erledigt, um mich wirklich angemessen zu freuen. Vielleicht kommt das ja noch, wenn ich ein paar Stunden geschlafen habe.

Nachdem ich die Story geschrieben und der Redaktion überlassen habe, mache ich mich auf den Heimweg. Es ist früher Abend, als ich endlich zu Hause ankomme.

Die Tür fällt hinter mir ins Schloss, ich sehe mich in der leeren Wohnung um. Ich bin so froh, wieder zu Hause zu sein! Was geschehen ist erscheint mir jetzt irreal, wie ein Albtraum. Erinnerungen prasseln auf mich ein - das mexikanische Arbeitslager, die Zelle unter der Lagerhalle, die anderen Gefangenen, meine ständige Angst … es grenzt an ein Wunder, dass ich lebend und unversehrt zurückgekehrt bin.

Nein, kein Wunder. Ich verdanke das Leon. Ohne ihn, ohne seine Hilfe und seinen Schutz … ich verdränge den Gedanken daran, was die Männer mir alles angetan hätten. Wahrscheinlich wäre ich jetzt tot, oder ich würde mir wünschen, es zu sein.

Ich vermisse Leon, sehne mich nach seiner Berührung. Ich trage noch immer sein Hemd und seinen Duft an meinem Körper. Ob ich ihn wirklich wiedersehen werde?

Plötzlich erstarre ich, als mir einfällt, dass ich ihn weder nach seinem Nachnamen, noch nach seiner Telefonnummer gefragt habe! Selbst wenn ich wollte, wüsste ich nicht, wie ich ihn kontaktieren sollte.

Verärgert kicke ich die Schuhe von meinen Füßen. Jetzt bleibt mir nichts anderes übrig, als zu warten. Mein Special Agent weiß schließlich, wo ich wohne.

Ich beschließe, eine lange, entspannende Dusche zu nehmen. Im Bad schäle ich mich aus der Kleidung und werfe sie auf die Fliesen, nicht ohne Leons Hemd vorher an mein Gesicht zu drücken und seinen Duft einzuatmen. Sandelholz und Moschus. Ich muss ihn wirklich fragen, was das für ein Eau de Toilette ist.

Ich trete unter die Dusche und genieße die angenehme Wärme, die den Schweiß und Schmutz von meinem Körper wäscht. Minutenlang stehe ich mit geschlossenen Augen unter dem Wasserstrahl, lasse ihn über mein Gesicht und meine Brüste rinnen, über meinen Bauch und meine Oberschenkel.

Wie es sich wohl anfühlen würde, hier gemeinsam mit Leon zu stehen? Sein großer Körper dicht neben mir, seine starken Hände, die meinen Körper einseifen … ich ertappe mich dabei, wie ich über meine Brüste streichele, mich zwischen meinen Beinen berühre und mir vorstelle, es wären Leons Hände.

Ich weiß nicht, ob je wieder ein anderer Mann eine solche Leidenschaft in mir wecken könnte wie Leon. Ich will es gar nicht herausfinden, ich will keinen anderen.

Ich will Leon.

Seufzend steige ich aus der Dusche, wickele mich in ein großes Badetuch und tappe barfuß aus dem Badezimmer. Gerade als ich mich anziehen will, klingelt es plötzlich an der Tür.

Meine Hoffnung steigt, mit klopfendem Herzen husche ich ins Vorzimmer und spähe durch den Spion. Schokoladenbraune Augen und ein unwiderstehliches Lächeln jagen meinen Puls nach oben.

Er ist hier!

Ich reiße die Tür auf und strahle Leon an. Sein Blick wandert überrascht über meine nackten, feuchten Schultern, das Badetuch um meinen Körper, bis hinunter zu meinen bloßen Füßen. Er hebt eine Augenbraue, ein verführerisches Schmunzeln kräuselt sich um seine Lippen.

„Ich könnte mich daran gewöhnen, dass du mir in diesem Aufzug die Tür öffnest." Seine Stimme klingt rau.

Er tritt herein, ich stolpere ein paar Schritte zurück, um ihm Platz zu machen. „Was machst du denn hier?"

„Mich überzeugen, dass du in Sicherheit bist. Draco hat zwar gesagt, dass alles in Ordnung ist, aber ich musste es selbst sehen."

„Draco? Du hast Draco auf mich angesetzt?"

Er schmunzelt, überlegen und ein bisschen gefährlich. „Ich habe dir doch gesagt, ich lasse dich nicht aus den Augen."

„Ich habe gar nicht gemerkt, dass er mir gefolgt ist."

„Wir können wie Geister sein, Katie, wenn wir es darauf anlegen. Bevor die heimgekommen bist, habe ich mich übrigens davon überzeugt, dass deine Wohnung sicher ist."

Meine Kinnlade klappt runter. „Du hast *was?*"

„Wir haben es mit einem Menschenhändler- und Waffenschmugglerkartell zu tun", sagt er ernst. „Ich will keine unliebsamen Überraschungen, bevor die Kerle nicht hinter Gittern sind."

Ich schnappe nach Luft. „Du hast meine Wohnung

durchsucht – und jetzt stehst du vor der Tür und läutest an?“

Er zuckt mit den Schultern, seine Augen funkeln. „Reine Höflichkeit.“ Sein Blick wandert mit einer Mischung aus Verlangen und Bewunderung über meinen Körper, mir wird heiß, ich fühle ein sanftes Pochen zwischen meinen Schenkeln.

„Und jetzt, da du dich überzeugt hast, dass ich in Sicherheit bin … was wirst du jetzt tun?“

Er tritt zu mir heran und zieht mich in eine sanfte, aber unnachgiebige Umarmung. Ich spüre seine harten Muskeln unter dem engen Shirt, er hält mich so fest, dass ich ihm nicht entkommen kann.

„Am liebsten würde ich dich vögeln“, knurrt er heiser. Er presst mich an seinen Körper, ich fühle durch das Badetuch hindurch seine Erregung.

Hitze steigt in mir auf, meine Hände schlingen sich um einen Nacken, er beugt sich zu mir und küsst mich, heftig und besitzergreifend. Ich erwiderte seinen Kuss, atemlos, jede Zurückhaltung fällt von mir ab. Er reißt das Badetuch von meinem Körper, hält mich fest, ich springe an ihm hoch und schlinge meine Beine um ihn, presse meine Scham an seine Erektion. Seine Hände umgreifen meinen Hintern, er drückt mich an sich, ohne dass seine Lippen meinen Mund freigeben. Er trägt mich mühelos, durchquert mit großen Schritten den Raum und bringt uns direkt ins Schlafzimmer.

Das Verlangen in meinem Unterleib ist unerträglich, ich reibe mich an ihm, kann es nicht erwarten, dass er mich auf das Bett wirft und mich nimmt. Doch als er mit mir vor dem Bett steht, fällt seine Aufmerksamkeit auf meinen Wandschrank und ein gefährliches Glitzern tritt in seine Augen. Anstatt mich auf die Laken zu werfen, trägt er mich hinüber zu dem dunklen Schrank, stellt mich auf die Füße und dreht mich um, so dass ich mit dem Rücken zu ihm stehe, eingeklemmt zwischen der Schrankwand und seinem mächtigen Körper. Ich bin nackt, während er angezogen ist und die absolute Kontrolle über die Situation hat. Er hat seine Arme um mich geschlungen und hält mich fest.

„Weißt du noch, als du mich in der Scheune geritten hast?", fragt er rau, seine Lippen nah an meinem Ohr. „Du hast gesagt, das wolltest du schon in der Zelle tun. Es gibt auch etwas, dass ich schon während unserer Gefangenschaft mit dir tun wollte." Seine Hand streicht über meinen Bauch hinunter zu meiner Scham, während er mich weiter gegen die Wand gedrängt festhält.

Genau so, wie er es in der Kammer getan hat, als wir uns vor den Wachleuten verstecken mussten.

Mein Herz rast, ich spüre, wie feucht ich werde. Seine Finger gleiten über meine Klitoris, reiben und streicheln sie, bis ich mich verlangend gegen seine Hand dränge. „Mehr", keuche ich atemlos. Ich kann nicht länger warten!

Er lacht, leise und rau. „Geduld, mein Liebling." Seine Finger streichen über meine Schamlippen, fühlen die Feuchtigkeit zwischen meinen Beinen, er zieht scharf die Luft ein und drückt seinen harten Schwanz von hinten gegen meinen Körper. Ich spüre, dass Leon auch nicht mehr länger warten kann.

Langsam gleitet ein Finger in mich hinein, dann ein zweiter. Diesmal senkt er seine Lippen auf meinen Nacken, küsst und neckt mich mit seiner Zunge, während er mich liebkost und dehnt. Ich glaube, ich verliere gleich den Verstand!

Er zieht seine Finger kurz aus mir zurück, macht sich an seiner Hose zu schaffen, und einen Moment später spüre ich seinen nackten, erregten Schwanz, der gegen meinen Rücken drückt. Seine Finger kehren zurück zwischen meine Beine, streicheln und reizen mich, während er sich von hinten an mir reibt, ein unwiderstehlich hartes Versprechen.

Hitze zuckt durch meinen gesamten Körper, die Art, wie er mich berührt, erregt mich zutiefst. Ich keuche auf, ein heiserer Schrei entringt sich mir, und Leons Hand legt sich über meinen Mund.

„Ruhig“, knurrt er rau. „Sollen die Nachbarn wissen, dass ich dich gleich ficken werde?“

Ich atme heftig, doch mein Keuchen wird von seiner großen Hand erstickt. Seine Finger necken und streicheln mich weiter, es fühlt sich genauso an wie damals in der Kammer, nur noch viel geiler, und das macht mich ungemein an.

Ich fühle, wie er seinen harten Schaft zwischen meine Schenkel drängt und seine Eichel an meinen Eingang drückt. Ich recke ihm meinen Po entgegen, kann es nicht erwarten, dass er endlich in mich stößt. Während er mir weiterhin den Mund zuhält und meine Klitoris streichelt, dringt er von hinten in mich ein, langsam und gnadenlos, bis er mich ganz ausfüllt. Dann zieht er sich wieder ein Stück zurück, nur um sich gleich wieder vollständig in mich zu versenken.

„Ich werde dich langsam ficken“, flüstert er in mein Ohr. „Bis du bereit bist für meine Stärke.“

Und das tut er. Er lässt sich Zeit, mit quälender, köstlicher Langsamkeit zieht er seinen Schwanz zurück und schiebt ihn wieder in mich hinein, ich beginne vor Lust zu wimmern und möchte ihn anflehen, mich härter zu stoßen, doch seine Hand auf meinem Mund erstickt jeden Ton. Mir bleibt nichts übrig, als mich gegen ihn zu drängen, seinen langsamen Stößen zu begegnen und mein Becken schneller zu bewegen.

„Ich verstehe“, knurrt er hinter mir, zufrieden und überlegen, und drückt mich plötzlich fester gegen die Wand, so dass mir die Luft wegbleibt. Wie viel Kraft er hat! Jetzt beginnt er, schneller zu werden, stößt hart in mich hinein, ich stöhne und dränge ihm mein Becken entgegen, es ist genau, was ich will! Ich fühle, dass ich gleich kommen werde, dass auch er auf dem Gipfel ist, und als sich meine inneren Muskeln während meines Orgasmus heftig kontrahieren, spüre ich seinen Schwanz zucken und höre ihn hinter mir seine Lust hinausstöhnen.

Meine Schreie werden durch seine Hand gedämpft, erst als sein eigener Orgasmus abebbt, sinkt sein großer Körper gegen mich und er nimmt langsam seine Hand von meinem Mund. Immer noch in mir, legt er beide Arme um mich und zieht mich an sich, sanft und beschützend.

Und … liebevoll?

Meine Knie sind so weich, dass ich ohne seinen Halt vermutlich zusammengesunken wäre. Langsam schwebe ich von der Sphäre herunter, in die er mich gehoben hat. Ich fühle seinen kräftigen Herzschlag an meinem Rücken und höre seinen keuchenden Atem, der sich nur langsam wieder beruhigt.

„Das wolltest du mit mir in der Kammer tun?", frage ich leise.

Er knurrt zustimmend.

„Gut, dass du es nicht gemacht hast. Sie hätten uns entdeckt und erschossen."

„Baby, das wäre es wert gewesen."

Ich pruste erschrocken, als er mich plötzlich auf seine Arme hebt. Er trägt mich zum Bett, lässt mich auf die Laken sinken und streckt sich neben mir aus. Als ich protestierend an seinem Shirt zupfe, zieht er es mit einer einzigen, geschmeidigen Bewegung über den Kopf und wirft es auf den Boden. Ich kuschle mich an seine warme, breite Brust, spüre seine muskulösen Arme, die mich zärtlich halten. Sein Schwanz ist immer noch halb erregt, ich streichle ihn neckend. Zu meiner Überraschung wird er unter meiner Berührung rasch wieder hart.

„Jetzt, wo du gerade erst gekommen bist …", beginne ich und schenke ihm ein verruchtes Schmunzeln. „Musst du da bald wieder fortgehen?"

Er grinst über mein Wortspiel. „Willst du denn, dass ich bleibe?"

Ich nicke und ein glückliches Schimmern tritt in seine schokoladenbraunen Augen.

„Ich könnte noch ein Weilchen bleiben." Dann drückt er mich mit einem wohligen Seufzen an sich. „Und ich habe das Gefühl, aus dem Weilchen könnte eine verdammt lange Zeit werden.“

ENDE.

Bonuskapitel

Das ist die Szene, in der Leon Katie vor dem ersten Angriff der beiden Gefangenen beschützt, die sie vergewaltigen wollen – diesmal aus Leons Sicht.

Im Verlies der Waffenhändler, irgendwo in der mexikanischen Wüste.

Dumpfe Geräusche und heiseres Flüstern reißen mich aus dem Schlaf.

„Oh ja, ich besorg's dir, kleine Schlampe!"

„Mach schon, Mann, ich will auch ran! Mein Ständer ist schon so hart, ich explodier' gleich."

Katie ist nicht bei mir! Mit einem Satz bin ich auf den Beinen, hellwach, meine Sinne geschärft.

Blitzartig verschaffe ich mir einen Überblick über die Zelle. Katie liegt auf der andere Seite des Raums auf dem Rücken, zwei Gefangene halten sie gewaltsam fest und zerren ihr die Kleidung vom Körper. Sie halten ihr den Mund zu, damit sie nicht schreien kann, und obwohl sie sich nach Kräften wehrt, kommt sie gegen die beiden Dreckskerle nicht an.

Blinde Wut schießt bei dem Anblick in mir hoch. Einer der Männer fasst grob ihre Brüste an, während der andere zwischen ihren Schenkeln kniet und schon seinen Schwanz aus seiner Hose geholt hat.

Sie wollen Katie vergewaltigen? Ich werde ihnen eine Lektion erteilen, die sie niemals vergessen werden!

Ich jage durch den Raum, wäre lautloser gewesen, wenn der Zorn mich nicht rasend gemacht hätte. Trotzdem bemerken mich Katies Angreifer erst, als es schon zu spät ist. Ich schleudere den Mann, der sich gerade über sie hermachen will, von ihr weg und werfe dann den anderen gegen die Wand.

Ohne ihnen Zeit zu lassen, sich aufzurappeln, bin ich

über ihnen, schlage dem einen die hässliche Visage zu Brei und kümmere mich dann um den Kerl, der sie als Erster vergewaltigen wollte. Wutentbrannt packe ich seinen Schädel und schmettere ihn gegen die Steinplatten auf dem Boden, ich muss mich zusammenreißen, um ihn nicht umzubringen.

Mir wäre verdammt danach, diesen Scheißkerlen jeden Knochen im Leib zu brechen!

Ich springe auf die Beine, sehe mich nach weiteren Angreifern um. Der Kampf hat die anderen Gefangenen geweckt, das kann sehr gefährlich für mich werden, wenn ich die Machtverhältnisse nicht ein für allemal klarstelle. Ich greife nach Katie und ziehe sie zu mir.

„Sie gehört mir“, knurre ich, so dass alle Gefangenen es hören. Ich will nicht, dass einer von ihnen auf die Idee kommt, es den beiden Dreckskerlen gleichzutun. „Sie ist mein Eigentum! Keiner rührt sie an, habt ihr verstanden? Der Nächste, der sie anfasst, ist tot!“

Ich starre die anderen Gefangenen an, warte darauf, dass mich jemand herausfordert. Ich werde mit jedem von ihnen um Katie kämpfen, wenn es sein muss. Katie wird erst sicher sein, wenn die anderen genug Angst vor mir haben, um sie in Ruhe zu lassen. Jetzt ist der Moment, in dem sich alles entscheidet.

Mein ganzer Körper ist angespannt, meine Faust geballt, ich bin bereit, es mit jedem der Männer aufzunehmen. Doch keiner von ihnen rührt sich, nicht einmal der Scheißkerl Brock und seine Arschlöcher von Freunden.

Ich ziehe Katie zurück in unsere Nische und vergewissere mich, dass uns keiner folgt.

Dann wende ich mich ihr zu.

Zitternd steht sie vor mir, so klein und verletzlich, ihre Kleidung von diesen Schweinen zerrissen. Haben sie sie verletzt? Ich ziehe ihre Bluse zur Seite, um mich zu vergewissern, dass sie keine Wunden hat.

„Bitte …“, flüstert sie so leise, dass ich sie kaum höre.

Plötzlich beginnt sie zu weinen. Meine taffe, kleine Reporterin scheint am Ende ihrer Kräfte zu sein.

„Bitte. Bitte, tu mir nicht weh."

Ihr Flehen rührt mich und ich wünsche, ich könnte ihr ihre Angst nehmen, ihr zuflüstern, dass sie mich nicht zu fürchten braucht, dass das alles nur ihrem Schutz dient … doch das ist nicht möglich. Wenn die anderen Gefangenen merken, dass alles nur Show ist, sind wir beide so gut wie tot.

Ich reiße mich zusammen.

„Bist du verletzt?" Diese Frage ist alles, was ich mir gestatte. Dann muss ich wieder zu einem bedrohlichen Monster werden.

Sie schüttelt den Kopf, ich glaube, sie hat zu viel Angst vor mir, um zu antworten.

Es tut mir leid, kleine Katie, aber du musst noch ein bisschen durchhalten. Ich ziehe sie hinunter auf den Boden.

„Nein", wimmert sie. „Bitte nicht. Bitte …"

Ich zwinge das zitternde Bündel auf den Rücken. Ich weiß, wie das für sie aussehen muss, dass sie befürchten muss, ich würde gleich über sie herfallen – aber ich muss vor den anderen Gefangenen den Eindruck erwecken, dass ich meinen Anspruch auf sie erhebe. So sehr ich mich dafür hasse, aber Katies ängstliches Flehen macht die Sache in den Augen der anderen erst glaubwürdig.

„Wirst du mich vergewaltigen?", frage sie leise. „Nur um zu beweisen, dass ich dir gehöre?"

Es versetzt mir einen schmerzhaften Stich, dass sie mich für fähig hält, ihr so etwas anzutun. Und ich verabscheue es, ihr solche Angst machen zu müssen.

„Das brauche ich nicht mehr zu beweisen. Alle wissen es jetzt." Ich hoffe, dass sie begreift, dass ich ihr damit sagen will, dass sie bei mir sicher ist. Doch ihre Augen sind übergroß vor Angst, ich weiß nicht, ob sie meine Botschaft verstanden hat.

Ihre zerrissene Bluse fällt zur Seite und entblößt ihren BH. Ihre weiche Brust drückt gegen meinen Unterarm und das Gefühl schießt direkt in meinen Schwanz.

Wie gut sie sich anfühlt! Ihr zierlicher Körper, diese runden Brüste, verführerisch und fest, ihre langen, wunderschönen Locken, und erst diese Augen! Groß und unschuldig wie die eines Rehs.

Kein Wunder, dass die anderen Gefangenen sie vögeln wollen. Welcher Mann würde das nicht?

Die Spuren ihrer Angreifer zeichnen sich auf ihrem BH ab, dort wo diese Schweine sie grob angefasst haben. Ihre Nippel drängen sich mir durch den Spitzen-BH entgegen, ich bin versucht, sie in den Mund zu nehmen … aber ich weiß, dass meine Nähe Katie nicht erregt, sondern ihr nur eine Scheißangst einjagt.

Diese Tatsache, und die Spuren der Misshandlung an Katies Körper, machen mich so wütend, dass ich meinen Zorn am liebsten noch einmal an diesen Dreckschweinen ausgelassen hätte.

„Haben sie dir wehgetan? Ich hätte sie doch umbringen sollen."

Ich genieße es, ihren schlanken Körper in meinen Armen zu halten, und wünsche mir, dass sie es ebenfalls genießen würde, doch Katie zittert vor Angst unter mir. *Bitte, Kleine, du brauchst mich nicht zu fürchten!*

„Warum sagst du das?", fragt sie leise. „Damit sie mich nicht noch einmal anfallen können?"

Verdammt – sie schöpft Verdacht. Das darf nicht sein, nicht, bevor ich ihr alles erklärt habe! Wenn sie aufhört, den anderen vorzumachen, dass ich sie misshandle, bringt sie uns beide in Gefahr.

„Es ist nicht klug, sich in dieser Situation Feinde zu schaffen und sie am Leben zu lassen", knurre ich. „Wer weiß, welche Rachepläne sie schmieden. Ich darf ihnen niemals den Rücken zuwenden."

Katie wird blass. „Warum hast du diese Männer dann überhaupt aufgehalten? Warum hast du dir Feinde geschaffen?"

„Ich dachte, das wäre klar." Ich kann ihr im Moment

nur das verraten, was uns nicht gefährdet. „Ich muss meine Position festigen, wenn ich überleben will. Klarstellen, wer hier die Regeln macht. Dazu gehört, klarzustellen, wem du gehörst."

„Sind wir schon so weit? Innerhalb von vierundzwanzig Stunden bin ich von deiner Kollegin zu deinem Eigentum geworden?"

Ich stütze mich mit dem Ellbogen auf, lasse aber meinen Arm auf ihrem Körper ruhen, weil ich sichergehen will, dass sie nicht versucht, zu fliehen. Die anderen müssen glauben, dass ich sie unter Kontrolle habe. „Du scheinst den Ernst der Lage nicht zu begreifen. Das hier sind Gesetzlose, mitten im Niemandsland. Die meisten der Gefangenen sind Kriminelle, die schon in L.A. keine Skrupel und keine Menschlichkeit gehabt haben. Hier sind sie ganz auf sich gestellt, ihre niedrigsten Instinkte brechen hervor und übernehmen die Kontrolle. Du hast gesehen, wie Brock und die anderen über Wasser und Nahrung herrschen, was denkst du, was sie mit dir machen würden? Du bist die einzige Frau hier unten, und verdammt, Katie, du bist zu verlockend. Sie würden am liebsten alle über dich herfallen wie Tiere. Du würdest es nicht überleben."

Das ist wirklich alles, was ich ihr sagen kann.

Sie starrt mich mit großen, ängstlichen Augen an. „Was ist deine Lösung? Wirst du über mich herfallen, bevor sie es tun? Willst dir die Gelegenheit nicht entgehen lassen, solange noch etwas von mir übrig ist, ja?"

Was ist bloß mit dieser Frau los? Ich spüre, wie viel Angst sie vor mir hat, also warum fordert sie mich auch noch heraus?

Verdammt, mein Körper reagiert längst auf sie, auf ihre verführerische Nähe. Mein Schwanz wird hart und drückt gegen ihre Seite. Ob sie ihn spürt? Wahrscheinlich macht ihr das noch mehr Angst, wahrscheinlich erwartet sie, dass ich mich ihr jeden Moment aufdränge.

„Ich habe dich zu meinem Eigentum gemacht, Katie. Du gehörst mir, und was ich vorhin vor den Männern gesagt habe, habe ich ernst gemeint: Ich kann mit dir tun, was ich will, also hör auf, mich zu reizen."

„Warum bringst du es dann nicht einfach hinter dich?"

Ich muss sie stoppen, sie darf sich mir nicht widersetzen. Die anderen Gefangenen müssen glauben, dass sie mich fürchtet. Ich umfasse ihren Hals mit meiner Hand. „Warum willst du unbedingt, dass ich dir wehtue?"

„Weil du es doch sowieso tun wirst", flüstert sie. „Ich habe gesehen, wie du dich verändert hast. Du bist ebenso zu einem Wilden geworden wie die anderen! Also warum machst du es nicht gleich? Macht dich das an, ja? Einer wehrlosen Frau Gewalt anzutun?"

Es fühlt sich an, als hätte sie mich ins Gesicht geschlagen. Ich richte mich neben ihr auf. „Ich habe dir niemals Gewalt angetan."

„Und was soll das alles?" Sie stützt sich auf die Ellbogen. Mehr lasse ich nicht zu, ich kann sie noch nicht aufstehen lassen, nicht, wenn sie so unberechenbar ist. „Du bringst mich hierher in diese Nische, du zwingst mich, bei dir zu bleiben, du bedrohst mich vor den anderen! Ständig lässt du mich spüren, dass ich deiner Kraft nicht gewachsen bin, dass ich dir nichts entgegenzusetzen habe, dass du mit mir tun kannst, was du willst …"

Weil sie sich immer weiter in ihre Wut hineinsteigert, drücke ich sie zurück auf den Boden. Ihre kleinen Hände umklammern panisch meinen Arm, ich muss all meine Willenskraft aufbringen, um ihre Kehle weiter umfasst zu halten. Ich muss sie unbedingt dazu bringen, sich mir zu unterwerfen, bis ich ihr alles erklären kann. Wenn es sein muss, dann eben mit Hilfe körperlicher Dominanz. „Warum reizt du mich so? Das war ein verdammt beschissener Tag, es ist kein guter Moment, um mich …"

„Wirst du deine Wut an mir auslassen, wie du sie vorhin an den beiden Männern ausgelassen hast?"

„Was?"

„Vielleicht turnt es dich ja auch an, mich zu

misshandeln. Willst du mich genauso schlagen wie sie? Na los, mach schon, zeig mir, was für ein harter Kerl du bist!"

Ich begreife nicht, warum sie mich weiterhin herausfordert! „Warum willst du unbedingt erreichen, dass ich dich verprügele?"

Plötzlich laufen Tränen über ihre Wangen. „Weil ein Schlag von dir mich töten könnte."

Du lieber Himmel. Sie will, dass ich sie *umbringe?* Ist sie wirklich so verzweifelt? Augenblicklich lockere ich meinen Griff um ihren Hals. Ich muss irgendetwas tun, damit sie sich sicher fühlt, wenigstens für kurze Zeit.

„Wenn du es sowieso tun wirst, dann tu es bitte gleich", flüstert sie. „Aber erspar mir wenigstens die Hölle, durch die die anderen mich schleifen werden."

Ihr kleiner Körper sinkt neben mir zusammen, wird weich und wehrlos. Ich drehe sie behutsam auf die Seite, ohne dass sie sich widersetzt, lege mich hinter sie und ziehe sie an mich.

„Das werde ich dir nicht antun", flüstere ich leise in ihr Ohr.

Mein Schwanz pocht vor Verlangen nach dieser Frau so stark, dass es schmerzt. Sie spürt es und verkrampft sich. *Verdammt, Katie, ich würde dir niemals wehtun! Ich will, dass du dich sicher fühlst, dass du mir vertraust und mich nicht fürchtest! Aber das kann ich dir jetzt noch nicht erklären, du musst noch ein bisschen durchhalten, meine Kleine.*

Ich liege ruhig hinter ihr, damit sie merkt, dass ich nicht vorhabe, über sie herzufallen. Trotzdem liegt sie verkrampft in meinen Armen, scheint auf jedes kleinste Geräusch und jede meiner Bewegungen zu achten.

Ich atme langsam und gleichmäßig, täusche ihr vor, eingeschlafen zu sein. Mein Schwanz drückt immer noch gegen ihren Körper, ich kann nichts dagegen tun, sie ist eine hinreißende Frau in meinen Armen, und ich bin auch nur ein Mann.

Aber sie braucht meinen Schutz, mehr als alles andere, um hier zu überleben. Als sich ihr Körper langsam entspannt und sie schließlich einschläft, streichele ich ihr vorsichtig übers Haar.

Ich werde dich beschützen, Katie. Und vielleicht wirst du eines Tages keine Angst mehr vor mir haben und meine Umarmung willkommen heißen. Bis dahin werde ich alles tun, damit du in Sicherheit bist, selbst wenn es bedeutet, dich die Bestie in mir sehen zu lassen.

Leseprobe aus
Urban Warriors, Band 2: Draco

Prolog

Ich bin mir sicher, dass ich in dem russischen Militärgefängnis unter der Folter der Soldaten gestorben wäre. Es war nur Dracos Gnade, die mich gerettet hat.

Kapitel 1

Eigentlich hätte ich gar nicht an dieser Konferenz in Moskau teilnehmen sollen.

Ich fahre an Mikes Stelle, Camerons Stellvertreter und Vize-Boss der Firma, der sich das Bein gebrochen hat und im Krankenhaus liegt. Motorradunfall.

Jetzt sitze ich neben Cameron in der Business Class, Los Angeles - Moskau, zwölf Stunden und fünfundvierzig Minuten.

Wir fliegen zu einer Konferenz für Softwareentwickler, unsere Firma erstellt Softwareprogramme für Navigationsgeräte. Ich bin keine Programmiererin, ich habe keine Ahnung von Softwareentwicklung. Ich bin PR-Assistentin in der Marketingabteilung, und ich habe den Job erst seit sechs Monaten.

Die Bezahlung ist gut und es gibt tolle Zusatzleistungen wie medizinische Vorsorgeuntersuchungen und sogar ein hausinternes Fitnessstudio.

Und früher gab es außerdem noch Cameron.

Er legt seine Hand auf mein Bein, schiebt meinen Rock hoch und streichelt über mein Knie. Kleine, kreisende Bewegungen. Ich weiß genau, was er will.

„Hör auf damit, Cam.“ Ich schiebe seine Hand weg, ein wenig zögerlich, ich will ihn nicht verärgern, schließlich ist er mein Boss. Aber wir haben vor einem Monat Schluss gemacht.

Er hält mein Handgelenk fest und drückt meine Hand an seinen Schritt. Ich fühle seine Erektion.

„Komm schon, Lilly“, raunt er, seine Augen glänzen. „Um der alten Zeiten Willen?“

„Cam, ich dachte, wir wären uns einig.“ Ich will ihm meine Hand entwinden, doch er lässt es nicht zu. Ich weiß genau, warum er ausgerechnet mich auf diese Dienstreise mitgenommen hat.

Er beginnt, mit meiner Hand über seinen Schwanz zu reiben. „Süße, die Flugzeugtoilette ist gleich hier“, murmelt er. „Komm schon …“

Ich zerre meine Hand gewaltsam aus seinem Griff. Schlimm genug, dass ich eine Affäre mit meinem Boss gehabt habe – es ist endgültig aus zwischen uns und ich werde ihn bestimmt nicht auf einer Flugzeugtoilette vögeln.

Ich bin nicht stolz darauf, dass ich mich mit ihm eingelassen habe, aber ich war gerade erst nach L.A. gezogen und Cam hat mich beeindruckt. Er war erfolgreich und mächtig, das hat mir gefallen. Ich habe zu spät gemerkt, dass er außerdem ein riesen Arschloch ist.

Ein riesen Arschloch, das mich nur aus einem einzigen Grund nach Moskau mitnimmt: Um mir im Hotelzimmer den Verstand rauszuvögeln.

Oder auf der Flugzeugtoilette.

Verdammter Mist. Wie überstehe ich die nächsten drei Tage, ohne die Beine für Cam breitzumachen und behalte trotzdem meinen Job?

Zum Glück durchfliegen wir leichte Turbulenzen, die Warnleuchten über uns gehen an. Wir dürfen unsere Sitzplätze nicht verlassen.

Cam lehnt sich in seinem bequemen Businessclass-Sitz zurück und schnauft frustriert. Dabei betrachtet er mich mit einem so verlangenden Ausdruck in den Augen, dass ich genau weiß, was in seinem Kopf vorgeht. „Du brichst mir das Herz, Lilly. Aber heute Nacht wirst du mir nicht entkommen."

Ich kenne diesen Tonfall. Spielerisch, aber eine eindeutige Machtdemonstration. Cameron war schon immer ein dominanter Kontrollfreak.

Ich erwiderte nichts, meine Finger krallen sich in die Armlehne. Heute Nacht, im Hotel, wird er erwarten, dass ich tue, was er verlangt. Er wird keinen Widerspruch dulden.

Doch nach der Ankunft liegt erstmal die Konferenz vor uns. Cameron wird sich noch den ganzen Tag gedulden müssen, bis wir im Hotel sind, und ich habe Zeit, mir einen Plan zu überlegen.

Dieser Plan sollte besser verdammt gut sein, denn Cameron ist es gewohnt, zu bekommen, was er will.

Wir landen um sieben Uhr dreißig in Moskau, die Konferenz beginnt um neun. Wir fahren vom Flughafen direkt zur Messehalle, am Kreml vorbei in die Moskauer City.

Viele russische und internationale Firmen nehmen an der Konferenz teil. Ich staune über die Besuchermassen, die sich im Eingangsbereich drängen, Seminarprogramme und Pläne der Halle in ihren Händen, als meine Aufmerksamkeit plötzlich an einem Mann hängenbleibt.

Er ist größer als die meisten Teilnehmer, bestimmt eins fünfundneunzig, und hat kurze, blonde Haare. Der Blick seiner eisblauen Augen trifft mich wie ein Pfeil. Etwas an ihm ist mir unheimlich. Obwohl er auf der anderen Seite der Eingangshalle steht, fühle ich seine bedrohliche Energie und senke verwirrt den Blick.

Cameron hält zielstrebig auf einen der Seminarräume zu, wo er als Gastredner an einem Vortrag teilnehmen wird. Ich folge ihm, froh, dem Blick des blonden Hünen zu entkommen. Während ich mich in den Zuhörerraum setze, begrüßt Cameron die anderen Vortragenden und nimmt seinen Platz auf der Bühne ein.

Während des Vortrags – es geht um die Relevanz einer neuen Platinentechnologie, ich verstehe kaum ein Wort – lasse ich meinen Blick über die Zuhörer wandern. Und erstarre.

Der blonde Mann mit den eisblauen Augen sitzt ganz hinten im Raum. Er scheint mich nicht bemerkt zu haben, seine Aufmerksamkeit liegt bei den Rednern auf der Bühne. Sein Gesicht zeigt keine Regung, es ist undurchdringlich wie eine Maske. Hastig drehe ich mich wieder nach vorn. Warum irritiert mich dieser Mann so? Seine Präsenz ist furchteinflößend, und obwohl mindestens hundert Zuhörer um mich herum sitzen, macht es mich unruhig, mit ihm im selben Raum zu sein.

Er ist wie ein Drache, dem man nicht zu nahe kommen will.

Der Vortrag dauert eineinhalb Stunden, zwei mit der Publikumsdiskussion. Als sich schließlich alle erheben und der Raum sich leert, warte ich neben der Bühne auf Cameron. Aus dem Augenwinkel suche ich nach dem blonden Hünen, um ihm nicht aus Versehen über den Weg zu laufen – doch ich kann ihn nicht mehr entdecken, er ist verschwunden.

Es ist Zeit für eine Kaffeepause und für Cameron bedeutet dass, neue Kontakte in der Branche zu knüpfen. Während er sich angeregt mit den anderen Teilnehmern unterhält, Visitenkarten austauscht und zukünftige Geschäftsbeziehungen anbahnt, stehe ich ein wenig verloren beim Buffet und nippe an meinem Kaffee. Ich war schon immer eher schüchtern, es fällt mir nicht leicht, mich mit wildfremden Menschen zu unterhalten. Meinen Job erledige ich vom PC aus, die Pressemitteilungen gehen per Email raus.

Unbehaglich trete ich von einem Fuß auf den anderen, Cameron habe ich längst aus den Augen verloren. Als ich die offenstehende Tür zu einem Seminarraum entdecke, husche ich kurzerhand hinein.

Hier ist niemand außer mir, das Geplauder der

Teilnehmer dringt gedämpft herein. Ich atme erleichtert durch und schlendere zwischen den Sitzreihen hindurch bis zur Bühne. Dort steht ein langer Tisch mit einem grünen Tischtuch, an dem normalerweise die Redner sitzen. Ich klettere auf die Bühne und lehne mich an die Tischkante. Wenn ich mir vorstelle, dass der Raum voller Zuhörer ist und ich hier oben sprechen müsste … allein der Gedanke daran lässt meine Handflächen vor Nervosität feucht werden. Bei Cameron sieht das immer so einfach aus.

Aber Cameron hat auch ein überdimensionales Ego, er ist so von sich überzeugt, dass er die anderen Menschen damit einfach überfährt. Sie wissen ja nicht, dass hinter der selbstbewussten Fassade ein egoistischer Opportunist steckt.

„Hier hast du dich versteckt."

Ich schrecke auf, als ich Camerons Stimme höre. Er kommt langsam auf mich zu, steigt auf die Bühne hinauf und bleibt direkt vor mir stehen. „Ich habe mich schon gefragt, wohin meine Süße verschwunden ist."

„Cam …" Ich rutsche unbehaglich an der Tischkante entlang, doch Cameron drängt sich gegen mich und lässt mir keinen Bewegungsspielraum. Als ich abwehrend meine Hände auf seine Brust lege, packt er plötzlich meinen Kopf und drückt einen Kuss auf meine Lippen, stößt gierig seine Zunge in meinen Mund.

„Cam!" Ich drehe den Kopf weg, winde mich an seinem Körper, versuche, ihm auszuweichen, doch er packt meinen Hintern und drückt sein Becken gegen mich, lässt mich spüren, wie hart er ist.

„Lass es uns hier tun", keucht er. „Hier, direkt auf dem Tisch. Süße, ich bin schon so lange geil auf dich."

Ohne auf meine Zustimmung zu warten, hebt er mich auf die Tischplatte und schiebt meinen Rock hoch. Er ist so erregt, dass er wirklich grob zu mir ist, und plötzlich bekomme ich es mit der Angst zu tun.

Ich weiß, dass Cameron kein Mann ist, der ein Nein als

Antwort akzeptiert, aber dass er mich offenbar dazu zwingen will, schockiert mich.

„Hör auf, Cameron“, zische ich und beginne, ihn ernsthaft abzuwehren.

Verdammt, er ist so viel stärker als ich! Er drängt seinen Körper gegen mich und keucht, ein überlegenes Grinsen im Gesicht.

„Komm schon, Lilly, du willst es doch auch.“

„Cameron, wenn du mich nicht sofort loslässt, dann werde ich schreien! Ich schwöre, ich schreie …“

Seine Hände zwingen meine Oberschenkel brutal auseinander, er drängt sich zwischen meine Beine.

„Was ist hier los?“

Eine fremde Stimme ertönt plötzlich hinter Cameron. Er hält verärgert inne, ich spähe an ihm vorbei und mein Herz bleibt fast stehen.

Der große, blonde Mann steht mit verschränkten Armen in der Tür, sein stechender Blick auf Cameron gerichtet. Jetzt kommt er auf uns zu, bis er neben uns auf der Bühne steht.

„Halten Sie sich da raus“, knurrt Cameron. „Es ist nicht das, wonach es aussieht. Sie steht drauf, das macht sie an.“

Mit bleibt vor Empörung die Luft weg.

Der blonde Fremde verzeiht keine Mine. Er spricht Englisch, aber mit russischem Akzent. „Sie haben gehört, was die Dame gesagt hat. Lassen Sie sie los.“

Cameron rührt sich nicht von der Stelle. Der blonde Mann packt Camerons Arm, so schnell, dass Cameron nicht reagieren kann, und reißt ihn von mir fort.

Cameron ist kein schmächtiger Mann, er trainiert fast täglich im firmeneigenen Fitnessstudio, aber gegen den blonden Hünen hat er keine Chance. Er verzieht schmerzhaft das Gesicht, als der blonde Mann ihn von mir fortreißt und von der Bühne stößt.

Cameron stolpert gegen die erste Sesselreihe und reibt sich verärgert den Ellbogen. Giftig starrt er zu uns herauf, wagt es aber nicht, den Hünen herauszufordern.

Drohend zeigt er auf mich. „Wir sehen uns noch, Lilly." Dann verzieht er sich aus dem Raum.

Ich traue meinen Augen nicht. Das ist das erste Mal, dass ich erlebe, wie Cameron vor einem anderen Mann den Schwanz einzieht.

Ich rutsche von der Tischplatte und schiebe hastig meinen Rock über meine Oberschenkel. Der blonde Fremde steht neben mir, seine eisblauen Augen betrachten mich forschend.

Er ist wirklich riesig, ich reiche ihm gerade bis zur Brust. Der dunkle Anzug, den er trägt, spannt sich über seine breiten Brustkorb und die kräftigen Schultern. Wenn das darunter wirklich alles Muskeln sind, dann verstehe ich, dass Cameron gegen ihn keine Chance hatte.

Seine Nähe macht mich nervös, ich blicke zu Boden.

„Ist alles in Ordnung?", fragt er. „Hat er Ihnen wehgetan?"

Ich schüttele den Kopf. „Nein. Ich … ich weiß, er hat gesagt, dass ich …" Ich schlucke. „Ich wollte das wirklich nicht." Ich hebe scheu den Blick und sehe ihn an. Die bedrohliche Energie, die von seinem Körper ausgeht, kribbelt auf meiner Haut. Ich will am liebsten davonlaufen, aber ich lehne wie gelähmt am Tisch und kann mich nicht rühren.

Außerdem habe ich das Gefühl, dass ich diesem Mann nicht entkommen kann, dass er mich ohnehin sofort einholen würde. Wahrscheinlich käme ich keinen Schritt weit, wenn er es mir nicht gestattet.

Sein Ausdruck verdunkelt sich. „Ich weiß, wie eine Frau aussieht, der es gefällt, dominiert zu werden. In Ihren Augen habe ich allerdings nur Furcht gesehen."

Ich schlucke wieder, meine Hände sind eiskalt. Das Kribbeln auf meiner Haut wird stärker.

„Ist er Ihr Freund?", fragt er ruhig, während er von der Bühne steigt und mir seine Hand anbietet, um mir herunterzuhelfen.

Zögernd ergreife ich sie. Seine Berührung schießt durch meinen Körper wie ein Stromstoß.

„Er ist mein Boss", sage ich atemlos und steige hinunter.

Seine Hand ist stark und kräftig.

„Er ist ein Schwein." Er lässt mich los.

Schweigend betrachtet er mich. Ich spüre, wie mein Körper durch die Nähe dieses Mannes und seinen unnachgiebigen Blick zu beben anfängt.

Ich weiß nicht, was mich so stark auf ihn reagieren lässt, oder warum ich mich immer noch vor ihm fürchte, obwohl er mich gerade vor Cameron gerettet hat. Da ist etwas an ihm, wie eine bedrohliche, zurückgehaltene Kraft, die unter der Oberfläche darauf wartet, entfesselt zu werden und hervorzubrechen.

„Kommen Sie", sagt er. „Die Tagung geht gleich weiter." Er legt seine Hand an meinen Rücken, um mich aus dem Raum zu führen, seine Berührung jagt mir einen Schauer über den Körper. Die Geste ist beschützend und besitzergreifend, doch nicht in der erniedrigenden Art, wie Cameron mich gern behandelt.

Ich blicke den hünenhaften Fremden an und mir wird klar, dass er in einer ganz anderen Liga spielt als Cameron – oder jeder andere Mann, dem ich bis jetzt begegnet bin.

Wir durchqueren den Seminarraum, ich versuche, meine verwirrten Gedanken zu ordnen, bevor wir zurück zu den anderen Teilnehmern gehen und ich Cameron wieder gegenübertreten muss.

Doch kaum haben wir die Tür zur Kaffeelounge erreicht, geht das Maschinengewehrfeuer los.

ÜBER DIE AUTORIN

Lea T. Earl schreibt erotische Liebesromane mit starken männlichen Hauptfiguren und Heldinnen, die über sich hinauswachsen.

Leon ist der erste Band der Urban Warrior Reihe. Weitere Romane sind in Vorbereitung.

Weitere Informationen unter:
www.leatearl.wordpress.com

3800141R00106

Printed in Germany
by Amazon Distribution
GmbH, Leipzig